阅读，认识你自己
Lege, temet nosce

OWL 猫头鹰

你杀不死一只老狐狸

David Howarth
〔英〕大卫·豪沃思 著　　静恩英 译

We die alone

A WWII Epic *of* Escape and Endurance

四川文艺出版社

图书在版编目（CIP）数据

你杀不死一只老狐狸 /（英）大卫·豪沃思著；静恩英译. —成都：四川文艺出版社，2017.3
ISBN 978-7-5411-4572-8

Ⅰ. ①你… Ⅱ. ①大… ②静… Ⅲ. ①纪实小说—英国—现代 Ⅳ. ①I561.45

中国版本图书馆CIP数据核字（2017）第019910号

著作权合同登记号　图进字：21-2017-76

NI SHA BU SI YIZHI LAO HULI

你杀不死一只老狐狸

（英）大卫·豪沃思　著　静恩英　译

策划出品　磨铁图书
责任编辑　卢亚兵
特约监制　赵　菁　孟　玮
特约编辑　胡瑞婷
装帧设计　唐　旭

出版发行　四川文艺出版社（成都市槐树街2号）
网　　址　www.scwys.com
电　　话　028-86259287（发行部）　028-86259303（编辑部）
传　　真　028-86259306

邮购地址　成都市槐树街2号四川文艺出版社邮购部　610031
印　　刷　三河市文通印刷包装有限公司
成品尺寸　145mm × 210mm　1/32
印　　张　9　　字　　数　190千
版　　次　2017年3月第一版　　印　　次　2017年3月第一次印刷
书　　号　ISBN 978-7-5411-4572-8
定　　价　39.80元

We die alone

我们终将孤独地死去。

——

帕斯卡尔

1623—1662

On mourra seul

初见塞尼亚岛：海岸上闪耀着刺眼的光

布拉索姆没有留下照片，图中是一艘停泊在斯卡拉威（Scallaway）港口的船，
名为安波门，极似布拉索姆

托夫特峡湾：布拉索姆停泊的位置比图中渔船还要靠里，船员们在右侧登岸，特工人员在峡湾远处的尽头登陆（图中分别为：雪谷、圆形小山丘、队员们（特工）登陆点、船员登陆点、德军登陆点）

托夫特峡湾上游尽头杨逃跑的小雪谷：右侧，是杨爬上岸的海滩，还有为他提供掩护的山丘（图中标示处为巴尔斯路德击毙德国军官处）

杨·巴尔斯路德

比约讷斯卡邮局

比约讷斯卡的伯恩哈德 · 瑟伦森及其妻子

舍森峡湾：一队德军从右侧的建筑旁边穿过主路

舍森峡湾上的灵恩阿尔卑斯山

灵赛德

耶克瓦瑞峰和灵达伦上游尽头
雪崩从中间距离处的冰川悬冰处塌落下来

马里厄斯

福鲁弗拉藤：
右侧是德国守军驻扎的学校，其下是河道的陡坡
杨被抬着穿过左侧那座桥附近那条路

灵恩峡湾

雷夫德尔木屋

雷夫德尔木屋中的床铺：

阳光从右侧的墙缝射入，杨用木条间的苔藓做烟

雪中的洞穴：
阿尔温·拉森站在雷夫德尔之上的高原雪洞位置
杨在这里被雪埋了一周

雷夫德尔攀登途中的最高点：
事隔十年后，杨与当年抬着他爬上雷夫德尔的三个人
再次来到这里合影

曼达尔上空的雪云：
右侧，上高原的路通向谢灵达尔

从谢灵达尔上游远望曼达尔：
曼达尔人登上高原的路线

向南通向边境：
曼达尔上游的高原

拉普人的雪橇

杨与挪威国王

目录

Contents

序 Foreword

我是在军事训练中了解到“挪威抵抗运动”的，而他们力图破坏纳粹占领行动的勇气，早在孩提时就激励着我。以前，每当电视里播出柯克·道格拉斯主演的《雪地英雄》，我都会看。抛开好莱坞魅力的渲染，我会被那里萧瑟的地貌深深震撼，亦被那些人抗击德军的非凡勇气打动。正是这种久驻于心的崇敬，引领我去年前往位于奥斯陆的挪威抵抗运动博物馆。也正因此，受邀为本书作序时，我欣然提笔。

本书讲述的，是一个人在难以想象的恶劣环境里历险后幸存的故事。杨·巴尔斯路德，一位移居国外的挪威抵抗运动战士，从其任务伊始便陷入困境。他与三名同胞一起乘船从设得兰群岛前往遥远的挪威北部。他们此行意在训练乡民实施破坏的技能，同时搜集德国海军行动的情报。但像很多军事行动一样（包括我个人在海湾战争中的军事行动），尽管事前做了最周详的准备，但这个“伟大的计划”在他们刚一登陆就失败了。行动小组被出卖给纳粹，三人被杀害，仅杨一人幸存。

于是，他的任务转而成为一次生死逃亡，这将是你读过的最惊心动魄的逃生故事。他要克服冻伤、雪盲，同时要逃过五十多名德军的追捕，前往中立国瑞典。他还要在几乎无人能存活的零摄氏度以下的环境中，承受巨大的肉体痛苦和精神折磨。

我们第二十二届空降特勤团有一部分训练内容，是请一些曾经的战俘来举办讲座，以从中吸取经验。我记得曾听过一位美国幻影飞行员的讲座。在越战中，由于飞机被击落在敌占区，此人被俘虏囚禁达六年之久。他当时被单独关押在一个六英尺乘以四英尺的牢房内，受尽敌军的蓄意折磨，体内每根主骨都被打断。我在海湾战争中被俘时，也从这位飞行员的经历中汲取了力量：既然他能承受那样的折磨，那我也一定可以。

如果当初我在巴格达被囚禁、饱受折磨时知道杨的经历，毫无疑问我也会从中受到同样的鼓舞。我不仅愿意把本书推荐给现代战争的学习者，也会推荐给每个对人类心理承受力感兴趣的人。此书有力地证明了到底是什么支撑着人们熬过苦难，更重要的是，它表明支撑我们活下去的最重要的精神力量，来自我们每个人的内心。

有三种技能，是所有军人在整个职业生涯中都要牢记于心的：训练、经验和知识。正是这三种技能挽救了杨。当他冻伤十分严重，几乎无法走路时；当他罹患雪盲，精力耗尽而无法清晰思考时，这三种技能发挥了作用。他曾长期接受这类训练，身后有多年经验的支撑，而且他还有足以让他在这些条件下生存的知识。

杨还有其他法宝，他有求生的顽强决心。正是这种顽强的决心使他不放弃，不让自己陷入绝望的深渊，支撑他即使力不从心时也要抖擞精神。正因如此，我对他推崇备至。

但这并非仅仅是一个人的故事，这个故事同时也展现了许多生活在挪威偏远一隅的乡民异常勇敢的精神，那些普通男女随时准备为一个完全陌生的人献出自己和家人的生命。让人惊叹的是，竟有如此多的人，即使知道杨几乎没有活下来的可能，仍然不计后果，尽其所能地帮助他。或许这给了他们一个独一无二的机会去反击纳粹，去表达他们对纳粹最强烈的蔑视，而这也将帮助他们幸存。正是得益于乡民们的勇敢和坚持，杨最终才有可能逃脱魔掌。

本书是一部杰作。如果有朝一日我重返战场，每一次出征，我都会带上一位像杨·巴尔斯路德那样的战友。如果我身陷险境时，能如他一样得到鼎力相助，那我绝对算是一个幸运儿。

安迪·麦克纳博

前言 Preface

二战期间，这个真实的故事发生不久后，我便获悉了梗概，并在我的《设得兰岛巴士》一书中简要提及。我所知的一切，都基于一位名叫杨·巴尔斯路德的人在一家瑞典医院写的报告。这是一篇生动的报告，可惜巴尔斯路德写作时病重，很多经历没写出来。从那份报告中很容易发现，语焉不详处很多，有些是巴尔斯路德遗忘了，还有一些，尽管他是这个故事的主角，但其实连他本人也不知晓。直到十年后，我才有机会与他深谈，说服他与我一同前往故事的发生地——遥远的挪威北部，以期发现故事的真实全貌。

现在我发掘出这个故事，并行之成文，然而我十分担心人们可能会指责我夸大事实。故事中有些内容确实让人难以置信。但书中提到的所有地点，我差不多全部亲眼看到过，而书中提到的每一个人，我也差不多都见到了。并非人人都知道故事的全部，但他们对自己亲历的那段往事仍记忆犹新。每个人的故事片段，都能很快地吻合在一起，进一步证实了巴尔斯路德本人记住的那些内容。而部分细节虽是推断所得，但绝非臆想。本书通篇只更改了一个人的名字，或者说一处不重要的细节，以免侵犯他人权益。除此之外，我深信整个故事都是真实的。

Part 1

第一章 登陆

即便是 3 月底，挪威北部的北极海岸依然没有任何春天的迹象。那时，极地的冬夜已经结束了。隆冬时节，这里全天黑暗如夜。盛夏之际，太阳会照彻整个夜晚。而在冬夏之交的时节，白昼则被迅速地拉长，每一天都比前一天明显长很多，但整片大陆仍覆盖着厚厚的冰雪，一直延伸到海边。陆地上没有一丝绿意：没有花草，矮树上也没长出新芽。每年这个时候，偶尔也会晴空万里，海滩在阳光下闪烁着耀眼的光泽，但更多时候则是狂风席卷，整片陆地都笼罩在冻雾和飞雪之中。

1943 年 3 月 29 日，正是在那片海岸，本书的故事真实地拉开了大幕。那天，一艘载着十二个人的渔船从设得兰岛出发，在海上漂荡了六天后，在那里靠岸了。在战争爆发第三年后的这次行动，是经过精心思考和谨慎准备的。他们到达的那片遥远的敌方水域，视野所及的陆地均已被德军占领。然而，就在船只抵岸的当天，当初制订的计划分崩离析，随后发生的每一件事：悲剧、冒险、自我牺牲以及孤独的凯旋，都纯属偶然，绝非此前任何计划的结果，仅仅是好的或坏的运气，以及勇气与忠诚带来的结局。

那个特殊的日子碰巧阳光明媚，十二个男人兴高采烈地看着太阳冉冉升起。历经一番危险的航行后，登陆在即总会让人兴奋不已，特别是船只在夜间靠岸，黎明的曙光中，海岸线隐约可见，已近在咫尺。那次登陆尤其令人激动，因为他们都是挪威人，他们大多数人在德国入侵时被驱逐，这是近三年来第一次即将看到自己的祖国。最主要的是，他们对于正在玩的这场危险游戏感到无比兴奋。十二人中，有八人是这条渔船的水手。他们已安全穿越一千英里的海上无人区，把乘客和货物送抵着陆后，要立即返程。另外四人，则是受过游击战训练的战士。他们此行有两个目的，一是普通任务，一是特殊任务。普通任务，是登陆后用整个夏季训练当地人破坏法西斯行动的技能；特殊任务，是他们要在接下来的秋天，攻击一个叫作巴尔杜福斯的巨型德国军用机场。那艘渔船的货舱里装有八吨炸药，还有武器、食物、北极专用装备及三台无线电发射机。

东方开始发白。他们感觉自己就像赌徒一样，将所有财产孤注一掷地投入充满自信的游戏中。当然，不同之处在于，他们把自己的生命也当作了赌注，使得这场“赌博”更加扣人心弦。他们相信，凭借一艘挪威小渔船，完全可以堂而皇之地闯过德军海岸防线。他们也相信，凭借周密的计划和装备，他们能在那片贫瘠的陆地上生存，不必担心北极气候和德占区这些不利条件。而他们的生命全寄托于上面这些设想。如果这些设想有误，没人能保护他们。他们已超出英格兰的救援范围。到目前为止，一切进展顺利，没有迹象表明德国人产生了怀疑。朦胧的晨曦中，南面的山峰隐约浮现，美丽而安详，但却森森吓人。让人心生寒意的，还有严阵以待的德军海岸防线。过不了多久，在越来越明亮的日光中，德军就会看见这艘渔船孤零零地漂荡在波光粼粼的海面上。那个早晨将检验他们的第一个设想，那天夜晚或是接下来的晚上，将把这艘小船及其所有船员推至此次征程的最高潮——秘密登陆。

在 1943 年那段时期，这一处遥远偏僻、人烟稀少的海滨突然被强行赋予了世界范围的重要性。通常，在和平时期，遥远的挪威北方是世界上最安宁的地方。每年夏天的两个月是这里的旅游季，外国游客纷至沓来，观赏雄奇壮美的山脉、拉普人[1]和午夜的太阳。而一年中的其余十个月，当地人只能靠捕鱼，或经营一些沿海小农场来勉强维持贫苦生活。他们几乎与世隔绝：眼前是茫茫无际的大海，身后是瑞典边界。天气恶劣，黑夜漫漫，去自己国家的首都，以及任何一个文明中心都路途遥遥。他们生活

1. 拉普人：分布在挪威、瑞典、芬兰、俄罗斯等国北极地区的民族，自称萨阿米人。

艰辛，却平静安宁。那些城里人，或人口稠密的乡村人饱受的煎熬从不会困扰这里的人们，他们几乎从不考虑时间。

然而，当德国1940年侵占挪威，这数千英里的大西洋海岸线落入其魔掌后，则成了他们赢得的最重要的战略资产。当俄国加入这场战争后，最北部的海岸线对德国则愈显重要、更有价值。盟军开往俄国北极地区港口阿尔汉格尔斯克和摩尔曼斯克的护航舰队，必须经过挪威北部和北极海冰之间狭长的公海，而德军经常从挪威北部成功袭击盟军舰队，有时会打得盟军落花流水。巴尔杜福斯是德军空袭和空中侦察的基地，其海滨则为潜水艇提供了天然保护，也是从德国港口直通北冰洋的安全通道。

德军占领了这一北方海滨后，其战略地位变得坚不可摧。这里距最近的盟军基地有一千英里，这个国家成了最佳防御之地。大量岛屿形成了二十英里宽的天然屏障，保护其免于遭到来自海上的进攻，岛屿间数不清的海峡可使防御部队控制海上安全。大陆则被一系列大峡湾分隔开来，重峦叠嶂的海角散布其间；峡湾上游的远处是高原，无人居住，大部分亦未勘测，一年中有九个月被大雪覆盖；穿过高原，在荒凉的山区丘陵间时不时会出现堆石界标，这是瑞典边境。当时瑞典是中立国，完全被德占区包围。要想以常规军攻击位于挪威北极地区的德军是痴心妄想。每个岛屿和峡湾都可以成为要塞。如果德国人认识到很难征服挪威北方，他们应该占领瑞典来巩固自己的战略地位，那样就不会给盟军创造有利条件了。

在这样的背景下，在3月的那个清晨，即将抵达终点的这次航行可能具有的重要意义，与这次远征的规模极不相称。伦敦方面对此次行动结果寄予了厚望。这次只安排四人登陆，如果运气不太差，他们完全有能力破坏位于巴尔杜福斯的德国空军基地，使其在一段时间内无法运转，从而使盟军护航舰队有足够的时间通过公海而不被发现。而且德国空军基地失灵这段时间，恰好可以训练当地人。其实，如果有武器而且有人指导，那里的绝大多数挪威人都乐于采取积极行动来反抗德国人，而且很久以前他们就会这么做。此次训练一经开始，影响便会如滚雪球一样越来越大。

以前此类活动没有在挪威开展的唯一原因，是很难到达目的地。小队人马可以滑雪从瑞典翻越高山过境，一台无线电发射机就是通过这种方式运送到了挪威，安装在特罗姆瑟镇。但是破坏纳粹活动所需的装备相当庞大沉重，很难运过高山或是偷运过瑞典。运输这些设备的唯一途径是海路。

那时，大量登陆行动是利用暗藏武器的小渔船，从设得兰岛的一处基地出发，然后在挪威南部地区进行。那里的抵抗运动供给充足，而且开展得如火如荼。但当时还没有一艘渔船能像这艘小船那样，完成如此遥远且危险重重的航程，并顺利登陆挪威北方。刚刚完成远航的这艘小船来自设得兰岛的基地，名叫布拉索姆，有七十五英尺长，配备了单缸发动机，时速可达八节，外观保持得很好，看上去绝对像一艘挪威渔船，而且有一个假的注册编号印在船首。但这艘渔船实际上武装了七挺机枪，藏在甲板的底托上。此外，每个“乘客”都备有一挺机关枪，藏在船内，以备紧急情况时使用。

从设得兰岛出发的日期是在3月的第三周，这是一个并非让每个人都满意的折中结果。船长和船员们必须在两个时间中做出选择：一是在深冬，北极冬天的漫漫黑夜将为他们提供掩护，但必须得经受北极的暴风雪；二是在晚春或早秋，气候可能更温和，但是德国人的防御，特别是空中巡逻，会充分利用白天的优势。总体而言，从船长的观点来看，3月前出发更好，因为他的船相当坚固，可以扛得住任何坏天气的影响。但也得考虑“乘客”，如果他们在恶劣的严冬登陆，上岸后可能无法生存。

然而，为了保证航行成功，他们最终还是选择3月出发。天气一直不错。小船一天天向着北方缓慢行驶，大伙儿觉得这艘小船十分显眼，但其实也只被发现过一次，是在离陆地三百英里远时被一架德国飞机发现的。不过，这架德国飞机好像是在做气象侦察飞行，并不太关注一艘孤零零的小渔船，盘旋几圈后便飞走了。

这样看来，他们被岸上的人看到后，不管发生什么情况，至少德军海岸防御部队看起来不太可能提防他们，似乎也没有理由猜出眼皮底下这艘简陋的小船已经跨越了一千多英里的大西洋。但布拉索姆平凡无辜的外表最终能否骗过海岸守卫，还要拭目以待。它常常深入南方腹地，但在有点陌生的北方海滨，极可能因为破坏当地的捕鱼规则而露出马脚。所有船员和“乘客”仅知道他们要在雷区中间、炮火射程范围内或其他一些禁区以外假装捕鱼，除此之外一无所知，因为在离开设得兰岛之前，没人告诉他们德军的防御到底在哪里。

破晓时分的紧张时刻到来时，四名“乘客”都站在甲板上。战争通常能将性格迥异的人们聚拢在一起，这四位就如同任何四个挪威人一样，无论经验还是背景都相去甚远。他们的领导是一个四十五岁左右，名叫西居尔·埃斯克兰的男子。他年轻时移民南美洲，成年后的大部分时光，都在阿根廷的偏远地区经营一家皮毛兽场。有一天，他从收音机里听到挪威被德国侵略的消息，于是立刻把兽场交给了同伴，跳上马背，策马飞驰到最近的小镇，通过电报志愿报名参加空军。空军考虑到他的年龄，拒绝了他的请求。但他并未放弃，而是几经周转来到英格兰参军入伍。他加入了突击队，随后被调至“林格公司”——这是一个军方单位的名称，用来培训特工和破坏者潜入被德军占领的挪威。很久以前，西居尔在移民海外之前，曾是挪威北部地区的一名邮政检查员，因此还记得分配给他的工作区的一些情况。

另外三个人非常年轻。一个是无线电操作员，叫萨尔韦森，是一个搞运输的知名家族的成员。挪威被卷入二战时，他是商船的大副。过了一段时间，那份按部就班的工作让这个年轻人感到厌倦，当他听说林格公司后，就主动加入，做了一名特工。

另外两个分别是轻武器和爆破方面的行家，他们是一对密友，一同体验过许多奇异的人生经历。两人均年方二十六，一个叫波·布林德黑姆，是挪威西海岸奥勒松一个烘焙大师的儿子，年轻时是面包店学徒。从外表上看，他是符合斯堪的纳维亚传统眼光的那种英俊快乐的小伙子，大高个儿，皮肤白皙，蓝色的眼睛，但掩盖在他孩子气的外表和行为之下的是极其强烈的正义感。当苏联人进攻芬兰时，他认为苏联大错特错，于是扔掉工作，离开家乡，加入芬兰军队。第二次世界大战爆发，他的祖国受到侵略，他便匆匆赶回挪威抗击德国人。保家卫国的战争失败后，他前往英格兰想另谋出路。其间他取道苏联，逃离了德国人的魔掌，而苏联就在几个月前还是他抗击的目标。

这对朋友中的另一位，此次登陆小队的第四个人，就是杨·巴尔斯路德。看上去，杨与波截然相反。他有黑色的头发，灰蓝色的眼睛，体形总体上比波要瘦小。但他同样有年轻人的品质，兼具同样深藏不露的严肃气质和深邃情感——他们两人都不会向陌生人表露心迹，而这也是这四个人都必须具备的特质——使他们克服了训练中的重重困难，达到了自己所能达到的高度。

杨的父亲是奥斯陆的一名仪器制造商，他曾在父亲手下做过学徒。德国侵略挪威时，他才刚刚开始自己的职业生涯。他也曾从军，征战疆场，后来因为失去了继续斗争的机会，便逃到瑞典。那时他开始发现自己喜欢冒险，于是自愿成为一名斯德哥尔摩和奥斯陆之间的通信员，开始往返穿梭于中立国瑞典和被占领的挪威之间，为一个挪威人创办的逃亡组织服务。幸运的是，在被德国人抓到之前，他被瑞典人逮捕了，并被判入狱五个月。杨服刑三个月后被释放，并被要求限期两周内离开瑞典。

判决宣布起来容易，执行起来难，但杨还是拿到了苏联签证，飞往莫斯科。然而一落地就遇到了不好的兆头——四周都是正在欢庆德国胜利的苏联人。还好，苏联人待他不错，将他送到黑海之滨的敖德萨。杨在那里等候乘船时，初遇同样取道苏联的波·布林德黑姆。于是二人一同取道保加利亚、埃及、亚丁、孟买、南非、美洲和纽芬兰岛，前往英格兰。到达伦敦时，他们去的第一个景点是皮卡迪利广场，正当他们闷闷不乐地站在作为此行终点标志的广场上无所适从时，杨在人群中看到一位曾在斯德哥尔摩结识的英国军官。此人立即将他们两人招入林格公司，在这里，他们找到了完全能满足他们冒险愿望的工作。

这些，就是在那个 3 月的清晨，那四个站在甲板上，经过一年准备而蓄势待发的人的背景。他们曾一同在苏格兰高地集训，在崇山峻岭间负重强行军三十到四十英里，训练雪地求生能力，研习武器和地下组织，做规定的伞跳，练习在三秒内拔枪上膛，用自动手枪六次击中五码内半人高的靶子，最后研习了那些机场里所有易于攻击的薄弱点。当然，在这个过程中他们玩得也十分开心。他们健康强壮，兴奋地准备迎接即将到来的危险，而且十分自信能保护自己，不管黎明的曙光带来的是什么。

Part 2

第二章　托夫特峡湾之战

对于那种远征来说，制订详细计划是没用的，因为没人可以准确预见会出现什么情况。领导者通常要承担一定责任——战争中少有人承担这样的责任。领导者接受的命令比较笼统，而在执行这些命令时又无人为其提供任何建议。他的性命、其他成员的性命以及任务的成败，都掌握在他手中。

作为现在身处挪威北部这支小队的领导人，埃斯克兰肩负的责任尤重。对于南方或是任何一个有很多难民已经逃往英格兰的挪威乡村，已经收集到了大量有关德军布防以及很多人的特征和政见的信息，而且这些信息总是能不断更新。前往这些地区的远征队领导也总能或多或少地被告知一些细节情况，比如可以信任谁，应该回避谁，在哪些地方最有可能遇到敌人的岗哨或巡逻兵。但有关挪威北部地区的信息相当匮乏。虽然大量人口已经逃离那里，但他们可沿循的唯一逃跑路线，是翻越崇山峻岭进入瑞典，然后被拘押在那里。很多人都愿意被扣押在瑞典，然后等待更好的时机。即使那些再次逃离瑞典后将所知信息传递给英国情报部门的人，也往往会因在瑞典被拘押了数月，而导致其提供的信息早已过期。埃斯克兰被告知了几个人的名字，据说这些人比较可靠，但除此之外没有什么可以帮助他。一旦他离开英国，就只能靠以往的训练、智慧和技能了。

他已经尽其所能地做了详尽准备。自从听说自己要带领一支小分队，利用一艘小渔船登陆挪威北方，埃斯克兰就一直在默默地思考他能预见到的每一种紧急情况。船在公海航行时，船长负责指挥，在公海上问题变得相对简单：彼时船可能受天气控制，那是航海技术的问题；或有可能船的单缸引擎坏了，那是工程师的事；或是可能被飞机袭击，那就用船自身装备的武器还击。但是现在，船已经靠近海岸，他必须负责指挥。而且现在什么情况都可能出现，需要当机立断的能力。目前，船的第一道防线是防止船上藏匿的枪支被发现，因此必须伪装成普通的渔船。但一旦船只进入岛间海湾的狭窄水域，就随时有可能近距离遭遇装备了重武器的大型船只，那时船上的武器反而会成为最大的麻烦。也许作为小渔船，他们依然能蒙混过关，但他们不希望在二三百码内发生枪战。别的不说，只要一枪击中船里的炸药，便会把他们炸得粉身碎骨。唯一避免遭遇这种情况的办法，就像埃斯克兰预见的，是尽可能隐藏武器的迹象，引诱敌船近至手枪射击的范围，然后出其不意，找机会登上敌船，歼灭船上的所有敌军。

昨晚，当布拉索姆靠近海岸时，埃斯克兰和他的三个战友就开始为这种可能出现的危险做准备。他们把斯特恩式轻机枪、卡宾枪和手枪这些短程武器擦拭干净，装上弹药。然后把手榴弹准备好，藏在驾驶室、船上的厨房和舷墙这些方便拿的地方，这样不用事先提醒，就可以投掷到旁边的船上。如果船靠近德军军营，他和三个战友就会穿上海军军服——虽然他们是陆军，这样德国人就无法认出他们是一支登陆小分队。

虽然做了这些准备，但他们都清楚，即便他们幸运地在短兵相接的白刃战中获胜，活着离开的可能性也极小。横亘在他们与安全之间的，是他们已经跨越的数千英里的茫茫大海。他们也许希望能歼灭或俘虏更大敌船上的所有德军，但除非他们十分迅速地结束战斗，使敌军来不及发送无线电信号，同时战斗还得发生在遥远的海域，没人听到枪声，否则德军防御部队就会拉响警报，那么接下来显而易见，八节航速的布拉索姆逃不了多远。那时唯一逃脱的希望，也是十分渺茫的逃脱可能，就是凿船登岸。

埃斯克兰也为这种情况做好了准备。货物中的三台无线电发射机是最新的型号，属于最高机密。还有几份重要文件：密码、地图、可信赖人员名单和德国防御情况说明。他们心里十分清楚：这些资料他们要用生命来保护。不言而喻，这是他们受训时要求恪守的基本原则之一。他们进入敌军水域之后，就把这些文件跟火柴和一瓶汽油一起藏在易取之处。雷管、引爆装置和导火索也跟八吨烈性炸药接好藏在货舱中。无线电发射机就放在雷管上面。导火索总共有三根，一根是五分钟延时导火索，如果有机会炸毁小船和船上的货物后逃走，就使用这根导火索；第二根是三十秒导火索；最后一根是瞬时导火索。船上的十二人都清楚地知道点燃这根瞬时导火索的后果，也明白在什么情况下他们会这么做。比如，如果他们与德军船只近距离白刃战失败，那时他们就会点燃瞬时导火索，主要目的是不让德国人得到船上的物品。

当小船靠近海岸时，埃斯克兰对所做的这些准备本应该感到满意，因为所有这些准备都是精心谋划、认真实施的。然而恰恰就在那一天，一个异常的状况迫使他改变了计划，而且也提醒他有可疑情况以及他以前收集的信息太过粗略。他们原本打算在一个名叫塞尼亚的岛登陆，该岛在特罗姆瑟镇西南约四十英里处。但当靠近这个岛，悄悄穿过渔场时，他们看到一艘拖网渔船驶出海峡向他们开过来。他们随即转向东行驶，想看看可能会发生什么情况。拖网船到了岛屿外缘的公海，然后沿航线返回，再次进入了海峡。当拖网船调头时，他们看到前甲板上有支枪。这是一艘德军巡逻船，然而之前从未有报告说该地区有巡逻船。

远征进入到那个阶段，他们的任务是避免麻烦，而不是找麻烦。现在既然他们明确知道该海域有德军巡逻，那再孤注一掷地试图把货物放在该海域数百个岛屿中的一个岛上已无意义。他们的伪装到目前为止仍未被识破。他们已经被注意到了，但伪装的渔船还是有惊无险地通过了。明智之举是要选择另外一个岛登陆。讨论之后，他们决定选择靠北一点的另一个岛屿。此岛名为里贝尼索，在特罗姆瑟正北三十英里。他们在这个岛的地图上发现岛的东北面有一个小海湾，似乎能为他们提供很好的掩护。他们中曾到过此地的一个人记得这个海湾偏僻荒凉。3 月 29 日中午前后，他们向这个海湾驶去。此湾名为托夫特峡湾。

到达距里贝尼索海岸七英里远的一些礁岛时已是黄昏时分，他们开始在这些礁岛间穿行。他们选择的航线在天气恶劣的时候是不可能通行的，因为航线两侧有很多被海水淹没的岩石，整个海面飞沫四溅，根本看不见标志。但是那天风平浪静，万里无云。他们看到一些巨大的岩石上有一些石堆作为航线标志，于是顺利进入了可以掩护他们的水域。他们从一个名叫富格罗的小岛下驶过，此岛四面陡然伸出海面，形成数千英尺高的黑色峭壁危岩。他们绕过里贝尼索北岸，那里一片光滑的闪着耀眼光芒的大雪陡直地向上伸展至一座山的冰檐——此山名为“地狱尽头”，即“地狱之巅”的意思。随着天色渐暗，他们悄悄潜入托夫特峡湾，将船锚抛入冰蓝色的清澈海水中。

引擎熄灭后，托夫特峡湾显得异常安静。经过在挪威小渔船里六天的颠簸和震动，寂静无声的环境让人不适。陆地被厚厚的白雪覆盖，隐蔽处显得针落有声。所有熟悉的声音都消失了：没有足球场的喧嚣，没有莺鸣雀和，没有流水潺潺，没有虫儿鸣叫，没有动物的窸窸窣窣，亦无落叶的瑟瑟之声，甚至人自己发出的声音听起来都似乎特别响亮。没缘由地，在被大雪掩盖的地方，声音的消失让人觉得毛骨悚然。

然而托夫特峡湾的出现还是让人释然。抛锚停船后，他们站在甲板上环顾四周，不知不觉地轻声交谈起来。这里算得上绝佳的隐蔽处，其南面、西面和东面被低矮的圆形小山环绕，山顶光秃秃的，而岸边的山谷中，矮小的北极桦树枝条在白雪的映衬下显得黑黢黢的。北面是海湾的入口，但被一个小岛挡住，因此从外面看不到峡湾里面的情况。从海上观察，布拉索姆停在那里相当安全。从空中观察，只有飞机低到从头顶掠过时才可能看到这艘小船。

峡湾的海滩表明这个海湾一直很安静。站在海上的岩石和岛屿上，可以看到那里是一条宽宽的赤裸的带状海岸，岸上的大雪被海浪冲刷得干干净净。但在这个被陆地包围的峡湾中，厚而光滑的雪面一直延伸到涨潮点。雪地上没有任何印迹。近岸处，海面已经封冻，只是冰破碎了，一块块透明的冰块漂浮在船的周围。空气干冷清冽。

然而此地并非完全渺无人烟。海湾头上，山脚下，有一个谷仓和一座很小的木屋。近处，海滩上有几排晒鱼的架子。虽看不见人，但有烟从小屋的烟囱中冒出。

船停好后，要做的第一件事是查明谁住在那个小屋里，是否会带来麻烦或危险。埃斯克兰和船长换下海军服，穿上渔民的衣服，划船登岸。或许他们渴望成为首个在挪威登陆的人，那一刻他们的心情难以言表。

两人很快就回来了，说没什么可担心的。小屋里是一个中年妇女和她的两个孩子，一个十六岁左右的男孩，一个年龄稍小的女孩。女人的丈夫远去罗弗敦群岛捕鳕鱼，她估计丈夫数周内不会回来。埃斯克兰告诉她，他们停下来要修理引擎。没有理由让妇人生疑，况且屋内没有电话。监视她和她的孩子相当容易。不经意间，那个妇人告诉他托夫特峡湾从来没来过德国人。事实上，她本人从来没见过一个德国人。她丈夫不得不把收音机上交给当局，她最近的邻居在两英里外。这个妇人完全与外部世界和战争隔绝。

登陆小分队和船员开始轮流吃晚饭，留一人在甲板上放哨。他们十分高兴。毕竟这是他们上船后第一顿丰盛的晚餐，不仅是因为在渔船上做饭困难，还因为厨师晕船，而替代了厨师的杨·巴尔斯路德做饭太单调。登陆小分队如此欣喜若狂还因为海上航行成功结束，他们可以真正开始战斗了。对于士兵而言，海上航程总是单调乏味的，他们通常十分开心能不再被水手们左右。

吃饭期间，他们开始讨论接下来这晚的安排。那四个准备培训当地人破坏技能的人开始准备各自的行程，他们内部已经把广袤的北部地区划分好，每个人都仔细研究了自己负责的区域。由于登陆点从塞尼亚改到这里，现在所处的位置位于他们最熟悉的那些地区的大北面。埃斯克兰做过邮政检查员，还能从那段经历中依稀记得里贝尼索的一些情况，而且为了预防不测，他记下了邻近地区几个可靠者的姓名，其中有一个商人在岛的南端经营一家杂货店。埃斯克兰与此人虽素未谋面，但此人的名字被列在伦敦可信任人员名单上。这个人的商店离此地只有几英里远，他们决定今夜出发去找他，顺便询问他如何隐藏船上的货物。挪威南部的经验表明，小店主通常比一般人更擅长提供临时隐藏处来隐藏货物。很多商店都有前屋和后屋，战时后屋基本闲置，武器的箱子经常藏在杂货箱之间。小店主也最有可能告诉他们哪里能搞到当地船只前往特罗姆瑟——在那里，他们可以找到主要的“联系人”。

天色刚刚暗下来，埃斯克兰便乘坐布拉索姆配备的摩托艇出发了。他带着工程师来照看船的引擎，另外一人因了解该地区而作为助手与他们一同前往。他们驶出了海湾，沿着里贝尼索海岸向东行驶，穿过分隔本岛和赫尔索岛的峡湾，再往回行驶，然后在岛的南端靠岸。他们看到那个商店和附近的几栋建筑，在夕阳最后一抹余晖中，还有一个木制码头显出黑黢黢的轮廓。商店里灯火摇曳，另一处亮光来自一艘还没熄灭引擎的小船，静静地卧在码头尽头几码处。

靠近码头的过程中，他们与那艘小船擦肩而过。那是一艘小渔船，上面坐着两三个人。如果一言不发地驶过去会显得有点怪异，更何况，他们希望看到当地的渔船。于是他们开口打了声招呼，向这几个人说明他们早已编好的说辞：引擎出了问题，他们想搭便船前往特罗姆瑟买些备用零件。

那几个人很有同情心，跟普通渔民一样和善地问了几句。他们就像岛上居民那样悠闲地围绕这个话题聊着。那几个人问什么原因搞坏了引擎，马力是多少，需要什么零件。他们推荐了特罗姆瑟的一个引擎商，建议早上给这个供应商打电话，让他用邮船把零件运来，这样可能跟去特罗姆瑟取零件一样快，当然价格会更便宜。他们还问到捕捞青鱼的情况怎样，以及布拉索姆要去哪里。

所有生活在伪装之下的人，都习惯于机智而耐心地听完这些完全无用的建议。在这场并没有什么实际意义的对话中，埃斯克兰和工程师隔着漆黑的海水，一句一句谨慎地回应着对方，直到找到一个机会，提出一个他们感兴趣的问题。

“我想你们是没办法带我们去特罗姆瑟吧？”

此话引出了那几个人的一大段解释：他们正在那里等一个给他们送鱼饵的人，钱已经付了，所以他们不能错过那个人。他们又重复强调说，商店里有一部电话，因此他们觉得千里迢迢去特罗姆瑟买零件没有意义。但他们告诉埃斯克兰，如果真想浪费钱去那儿，店主有船，也许能带他去。

谢过那几个人之后，埃斯克兰一行人驾艇离去。他知道，对于那些居住在偏远外岛的人来说，也许特罗姆瑟是一个十分遥远的城市，驾船去那里并不是一件轻而易举的事。不过至少他知道了码头上的那个商店的确是他要找的那家。

到达商店时，店老板已经上床。敲门后，店老板穿着内衣下楼来，开门带他们进了厨房。他们向店老板道歉这么晚来打扰，然后又把刚才跟渔民解释的理由说了一遍。但对于这个人，这些只是开场白，目的是使店老板放松，然后他们会将此行的真正目的告诉他。聊天时，他们不知不觉地就提到了德国人。当问及德军情况时，店老板摇头说：“这里没有，德国人没在岛上这个地区制造麻烦，他们从未到岸上来。”他看见过德军的护航舰穿过里贝尼索南部的海峡，还出动兵力布置了雷区。当然，德国人还要求各处必须张贴布告：“通敌者格杀勿论！”这间商店的楼下就有一张这样的布告。店老板听说过德国人在特罗姆瑟的所作所为，但他本人从未与德国人有过交集。

埃斯克兰小心翼翼地试探着，开始谈到船上的货物，以及自己要去特罗姆瑟的问题。店老板表示愿意带一两个人乘他的船前往特罗姆瑟。埃斯克兰主动提出支付给店老板一笔巨款以示谢意。正是凭这笔让店老板吃惊的巨款，他们请店老板除了租船外再帮他们多做些事。店老板看上去有点迷惑不解。考虑到平白无故地把一个人牵扯到他们的行动中来而不告之对方可能的危险有失公允，加之店老板有极好的声誉，于是埃斯克兰告诉他，他们来自英格兰。

听到这里，店老板顿时大惊失色。起初他表示怀疑。一名队员递给他一支烟，他接过来点燃，吸了一口。英国烟草的味道，似乎让他确信这些人的话是真的。接下来，让埃斯克兰一行人吃惊的是，他们看到店老板被吓坏了。

店老板开始找借口，说他不能离开商店，这年月把老婆一个人留在家里不合适，家里还有一群牲畜要照料，船的燃料也很难弄到。

慢慢地，他们不得不极不情愿地接受现实：再怎么努力劝说店老板都无济于事。一个紧张兮兮不愿意伸手相助的人可能会成为危险和不利因素。但他们想不明白，为什么这样一个被极力推荐的人在现实中如此胆小懦弱。因为众所周知，绝大多数挪威人会因有机会打击德国人而高兴。他们对店老板的行为甚是不解，于是告诉他，他们很失望。

“可是你们为什么会找我？”店老板可怜兮兮地问道，“是什么原因让你们认为我可以做那样的事？”

他们告诉店老板，听闻他是个爱国者，可没想到事实是这样，真相来得太晚了，他们意识到自己犯了错误。店老板告诉他们，他经营这家商店只有数月，以前的店主去世了。由于他的名字与原店主相同，因此也就没有必要改店名了。

此时唯一能做的，是尽他们所能给店老板施压，让他保证永远不要向任何人透露他们对他讲的内容。店老板欣然承诺，他很高兴看到这些人接受了他的拒绝。店老板松了口气，甚至还向这些人推荐了另外两个他认为能帮助他们的人。这两个人分别叫延伯格 · 克里斯蒂安森和塞多尔夫 · 安德烈亚松。这两人都是渔民，住在岛的北岸，离托夫特峡湾较远。店老板确信他们会乐意帮忙。

埃斯克兰和两个同伴最后警告店老板永远不要提当晚他听到的一切，然后转身走了。

他们返回快艇，烦躁中略带不安。虽然没有理由怀疑店老板有敌意或是会主动伤害他们，也极少有人倒行逆施去帮助德国人，但很多头脑简单的挪威人喜欢说长道短传闲话，任何自身安全没有受到威胁的人都可能成为流言中心。尽管有点遗憾，但就他们目前预计，风险还不大，而且如果不改变整个计划，他们现在做什么也都于事无补。运气真差，他们从伦敦名单上选择的那个人居然死了，更糟糕的是，居然是姓名相同的人接手了他的商店和生意。但这也无可奈何。至少他为他们提供了两个新联络人。

埃斯克兰一行三人动身返回托夫特峡湾，准备告诉其他人这里发生的情况。行驶中，刚才停在商店码头的那艘渔船赶了上来。原来这些渔民拿到了鱼饵，准备前往渔场捕鱼。他们拖上了埃斯克兰的小艇。可是还没到托夫特峡湾的入口，船长突然大叫起来，说他们忘带绳子和一些钓具，得回去取。这些人把埃斯克兰的小艇放下走了。埃斯克兰三人看着那艘小渔船调头远去，然后继续向托夫特峡湾里行驶。

小渔船的船长和船员回到商店后发生了什么，永远不会有人确切知晓。店老板已经躺回床上休息，但他们又把他叫了出来，这次店老板的妻子一起跟了出来，想听听到底是怎么回事。店老板说自己头晕恶心，他认为这是那个陌生人给他的烟引起的。他的哥哥是渔船的船员之一，此人和船长不停地盘问那艘船和三个陌生人的情况。没多久，店老板便把发生的一切和盘托出了。

或许正是在这次谈话过程中，一种从未有过的强烈恐惧袭上店老板心头。那三个人有没有可能是德国人派来考验他的特工？他曾听人说过德国人派人到岛上来，穿着平民的衣服，像刚才那三个人那样，说他们来自英格兰，然后把所有给他们提供帮助的人报告上去。他们选择了他，一个商人，一个在社区有一定社会地位的人，一个刚刚有了生意的人，还有什么比这更有可能呢？

谢天谢地，他现在回过头来想想，幸亏他拒绝了这些人。可是，他自己够小心吗？他绞尽脑汁回想自己当时到底说了哪些有关德国人的话。他确实觉得自己当时不够谨慎。他说了些有关雷区的事，那可能是机密。当然，他对其他人说，唯一明确表明立场的方法，唯一安全的做法，就是把那个人对他说的话汇报给德国人。假设他们是德国特工，仅仅拒绝提供帮助是绝对不够的。他们可能正等着看他是否去汇报。如果他不去，那么德国人就可以随意处置他了。

那三个人用了一个小时讨论这个进退维谷的难题。店老板的妻子忧心忡忡地听着，为丈夫的焦虑深感不安。他的哥哥倾向于静观其变。如果来人是德国特工，他承认，那可是件糟糕的事情。但另一方面，如果他向德国人告发这几个人，而他们真的是来自英格兰，情况则会更糟。问题就在于不能确定这些人的来历。但总的来说，他觉得碰碰运气是对的。

经过很长时间令人纠结的争论之后，他们做出了上面这样的决定，随后船长和店老板的哥哥起身离开又去打鱼了。店老板本人回到房间继续休息，但仍觉得头晕恶心。他睡不着了。他知道对德国人不忠意味着什么，更可怕的是，如果他因此事被抓起来，等待他还有他妻子的是集中营，刚刚建立起来的小生意也将关门大吉，生活的一切都将结束。他躺在床上思前想后，考虑所有这些可能。而确保自身安全却十分简单，商店楼下就有一部电话。然而，如果他们真的是挪威人，而且确实来自英格兰，当邻居们知道他给德国人通风报信，店老板十分清楚他们会说什么，也知道他的顾客会怎么做。这几个人的口音听起来像挪威人：虽不是本地人，但他们的挪威话相当标准。当然，他们也可能是挪威的纳粹，据他所知，这些人会为德国人做这样的工作。一艘小渔船在 3 月里从英格兰千里迢迢来到这个地方，有可能吗？这听起来似乎不太可能。或许，最佳选择是起床去托夫特峡湾再跟他们聊聊，看他们能否证明这些猜测。可德国人十分聪明，会把事做得相当完美。他们可能已经准备好了证据。面对这些人，他能说什么？他怎么可能发现真相？

店老板彻夜未眠，恐惧不安，心乱如麻。天快亮时，他内心的最后一点勇气如潮水般退去。七点左右，他蹑手蹑脚地走到商店楼下，拿起了电话。他想出了一个折中的方案，向一位在司法部工作的熟人请教。

在托夫特峡湾，当埃斯克兰告诉其他人这两个店老板名字相同的情况后，大家都认为没办法。那个店老板承诺不向别人透露消息，除了杀了他之外，他们想不出更好的办法来确保此人不向别人透露他们的情况。埃斯克兰并没有太气馁，他再次出发，去找店老板推荐的那两个渔民。

这次他得到了期待的答复。埃斯克兰到达那里时已是凌晨三点，即使在不那么关注时间的北极地区，人们也不希望在那个时间因为一件普通的小事被叫醒。这次没有必要向这两个人再说引擎零件的故事了。埃斯克兰也没有要求他们带他去特罗姆瑟。登陆后的第一个夜晚马上就要过去了，当务之急是让货物上岸，这样布拉索姆就可以再次出发返回设得兰。

这两个渔民十分热情，当即同意把货物藏在他们知道的山洞里。埃斯克兰并没有告诉他们全部实情。他没有提英格兰，而是给他们留下这样的印象：他是从南挪威带来的货物，其中有食品和设备，以供本土武装力量在形势逆转反击德军时使用。但是不需要告诉这两人更多的情况。对他们而言，反德行动似乎就是最好的理由。两个渔民说会在次日下午四点半前往托夫特峡湾，将布拉索姆带出峡湾，开到他们的隐蔽地点，天黑时即可准备卸货。

小艇再回到托夫特峡湾时已天光大亮。埃斯克兰和随行的同伴都十分疲倦，不仅是因为彻夜奔忙，更因为用了很长时间与陌生人小心谨慎地交谈。返回船上时他们看到，登陆小分队中唯一既没有去商店，也没有去见另外两个渔民的杨·巴尔斯路德，一整夜都在忙着重新检查他们的轻武器。作为一个仪器制造工，杨喜欢枪支的机械装置，总是十分小心地照看这些武器。而且他跟埃斯克兰一样，对那个商店老板有些隐隐的担心。

他们吃过早餐，再次谈起那个商店。有人提出，无论哪种战舰，从特罗姆瑟开到这里，只需两小时，如果他们真的运蹇时乖遇到了纳粹，而且还向德国人举报了他们，那么此时他们肯定已经遭到德国人的攻击了。德国人显然会选择黎明时分采取行动，但此时天已经大亮，托夫特峡湾依旧如往日一样安详平静。最后他们一致同意，登陆小分队继续在此地观望到十点。如果到那时仍没有发生意外，说明那种危险确实可能结束了，到时登陆小分队将休息，留下一些船员放哨，等那两个渔民四点半来。

早晨过去了。唯一不同寻常的是他们听到的飞机数量，时不时还有机枪开火的声音。这些都来自海上。没有飞机飞过托夫特峡湾。听起来好像在岛外的某处有练习靶场，这个解释貌似行得通。巴尔杜福斯的德国空军一定在某个区域进行训练，很可能是在海上或外海的某些礁岛。随着时间一分一秒地过去，船上的人开始放松警惕。中午时分，他们安心了。埃斯克兰和几个队员下到船底层休息，留一半船员在甲板上放哨。

突然，一声尖叫惊醒了他们："德军来了！德军来了！"他们冲向舱口。放哨的人呆若木鸡地站在那里。二百码远的地方，缓缓驶入峡湾的正是一艘德国军舰。当最后一个人爬到甲板上时，德军开火了。他们立刻明白了，德军的巡逻飞机卡死了峡湾的出口，布拉索姆已插翅难飞。埃斯克兰大喊："弃船！弃船！"

这是唯一的命令，他们知道如何做。有人把海军旗升到后桅顶部。船员们跳进一只小船，解开缆绳，迅速向岸边划去。军舰停下来，放下两艘小船，德军蜂拥而至，上船后向稍靠北的岸边驶去。杨·巴尔斯路德和萨尔韦森立刻把密码本泼上汽油，全部点燃，随后解开第二艘小艇的缆绳，将之停在船背面德军看不到的地方。埃斯克兰和布林德黑姆砸开舱盖，快速爬进货舱，点燃了那五分钟延迟的导火索。

布拉索姆上的小船划开的同时，德舰开始逼近。机关枪和大炮一齐开火，但子弹都是从他们头顶飞过。德国人意在活捉他们，没想到他们会激烈抵抗。埃斯克兰从舱里大喊："杨，拖住德军！"杨拿出一挺冲锋枪向德舰驾驶台的位置猛烈射击，直到把子弹打光。德舰被迫停了一会儿，随后继续逼近。埃斯克兰跳出船舱，向其他人大喊：“着火了！”所有人全部跳到小艇上等着。他们知道规定的步骤：躲在布拉索姆的背面，等到最后一分钟，然后开始划船逃生。

埃斯克兰坐在小艇上，一只手臂稳稳地举在眼前，目不转睛地盯着手上的腕表。其中一个人紧紧抓住布拉索姆一侧的船体，另外两个人紧握着船桨，随时准备划船。一分钟过去了。从他们的位置看不到德舰，他们可以听到德舰逐渐靠近布拉索姆的另一侧，向船和另外一艘小艇的船员猛烈射击。波·布林德黑姆激动地说：“杨，你看，二十六年来我们第一次有机会跟德国人正面交锋了。”这时，埃斯克兰开始计时：“两分钟。”杨可以看到船员，他们已经到了岸边，两个还在艇上举着手，三个在沙滩上，一个躺在水边，一个正拼命爬上岩石，机枪的子弹在他头顶的石头上炸开，弹片在湾内四处飞溅。埃斯克兰又喊道：“三分钟。”登陆的德军出现了，沿着岸边向那几个船员上岸处飞奔，不时在丛生的岩石间跳跃穿梭。当德军靠近时，枪声戛然而止，有那么几秒钟，除了德军发令的叫喊声听不到其他任何声响。“三分半，”埃斯克兰坚定地说，“弃船！”

他们开始拼命划船，尽量让布拉索姆挡在德舰前面。这个方向正对峡湾的上游，距岸边有二百码。但德舰太近了，而且比布拉索姆大得多。他们还没划出五十码，德军就发现了他们，开始近距离开火。小艇顷刻间被打得千疮百孔，开始下沉。德舰正慢慢从布拉索姆旁边驶过，导火索最后的十五秒钟马上燃尽，眼见着敌人就要落入他们布下的陷阱，强烈的好奇竟然使他们忽略了一个“奇迹”：到目前为止，他们几个人仍然毫发无损。

德舰终于靠上了布拉索姆，就在那一刹那，船爆炸了。但是不足挂齿，仅仅是当初预想的一小部分——雷管发生了爆炸。舱盖被炸飞，驾驶室前部被炸毁，而德舰却毫发未损。德舰甲板上一片混乱和叫喊声，枪声也停了几秒钟，军舰全速后退。布拉索姆剧烈地燃烧起来。趁着这短暂的喘息机会，小艇上的人全力划船逃命。但德舰随即调头，大炮开始猛烈开火。第一发炮弹没有击中小艇。也就在此时，布拉索姆的整个货舱爆炸了，船瞬间化为乌有，爆炸的冲击波在山谷中激荡起长时间巨大的回响，夹杂着残骸和汽油燃烧火焰的蘑菇云腾空而起。埃斯克兰被巨大的冲击波震落到船下。杨赶紧俯身抓住他的胳膊，把他拉到船舷上。就在此时，德军炮手缓过神来再次开炮，一发炮弹正中目标，小艇被炸得粉碎，艇上的人全部落入水中，只能在海水里拼命游动。此时，距离岸边还有七十码。德军集中全部炮火向露出海面的这些脑袋射击。他们穿过弹雨激起的水沫，头手并用，扒开身边刺骨的海冰，继续向岸边游去。

所有人都游到了岸边。杨·巴尔斯路德和波·布林德黑姆跌跌撞撞地蹚过岸边的浅水。刚到岸边，突然，一发子弹击中波的头部，他向前栽倒，下半身还泡在海水中。杨用尽最后一丝气力，爬上布满岩石的海岸，在一块大石头后面隐藏起来。在爬上岸的过程中，杨注意到他的上级埃斯克兰已经倒在了沙滩上。而萨尔韦森，要么受伤，要么筋疲力尽，已经沉入水中，爬不上岸了。他曾大叫着让他们跟上，但没听到任何回应。一发子弹打在他头顶的岩石上，声音在湾间回荡。此时，他腹背受敌。向身后看，可以看见已经登岸的德军，其中四个德军搜索完岸边后，穿过他上面五十码处的山坡，以切断他的退路。他被包围了。

峡湾上游的尽头有一个小山丘，覆盖着矮小的桦树。山丘后面，二百英尺高的陡峭山峰拔地而起，一个浅浅的山谷将两者自然隔开。山谷中覆盖着厚厚的积雪，向上是一个光滑陡峭的斜坡，中间被两块巨石拦腰截断。德国巡逻兵乱哄哄地从山上下来，停下来跪在雪地里，用步枪狙击杨。陷入这群德军和德舰的炮火之间，杨根本找不到可以隐蔽的地方。但德国巡逻兵要想到他这里，必须要跨过山丘后面的小雪谷。当德军进入这个小雪谷时，有那么短暂的几分钟消失在杨的视野中。他起身向德军方向跑过去。他说不准德军是穿过桦树林翻过山丘，还是绕着山丘向左边走。他蹑手蹑脚地绕到山丘的右侧。他一直穿着长筒橡胶海靴，但在向岸边游的时候丢了一只，现在他光着一只脚。他听到德军踩着脆弱的树丛，穿过那片桦树林。杨和德国巡逻兵都围着山丘转，不一会儿，他就遇到了德军的脚印并踩了过去。只需几秒钟，德国巡逻兵就会看到他的脚印。现在谷底就在旁边，杨猛然冲出掩体向山谷奔去。

德军马上发现了他，他们离杨比先前更近了。一个德国军官冲杨大喊，让他停下来。杨奋力穿过柔软光滑的雪地，爬上山谷前端。那个德国军官掏出左轮手枪向他开枪，但没打中。这时杨爬到山谷中的第一块巨石后面躲了起来，同时掏出手枪。

杨回头向下注视着雪坡，发现那个德国军官正向他爬上来，三名德国兵紧随其后。那名军官穿着盖世太保制服。他们自信地向杨逼近。杨突然想起到现在为止他还没开一枪，他们可能并不知道他有武器。他静静地等着德军靠近，不想浪费一颗子弹。眼前是逐渐逼近的四个德军，更远处，他注意到峡湾内一片喧嚣杂乱，叫喊声和流弹声交织在一起。当杨继续向上爬时，德国军官在下面大叫着让他投降。此时杨累得上气不接下气，他瞄准下方雪地里六码左右的一个位置，当德军到达那里，他就开枪射击。

那个军官首先到达那里。杨扣动扳机，手枪“咔嗒”响了一声，但并没有射出子弹。原来手枪里结满了冰。他又试了两次，还是不能用。这时，那个德国军官距他只有三步之遥。他弹出两颗子弹，再次扣动扳机，这次枪响了。他向那个盖世太保连开两枪，那人倒地身亡，尸体沿着雪坡向着那几个德国兵的脚下滚了下去。杨再次开枪，又有一人被击中，受伤倒地。最后两个德国兵转身便跑，滑下雪坡寻找掩体。杨一跃而起，向山谷上方开始漫长的攀爬。

有那么一小会儿，周围静得出奇。山谷的一侧遮住了杨，使他不会被峡湾里的德军发现。雪又深又软，行走极其困难。他常常因为穿着橡胶海靴而滑倒，即便用尽全力，也只能缓慢地爬行。

第二块巨石之上，再有最后一百英尺，山谷便豁然变成一片宽阔的雪坡，一尘不染，洁白光滑。杨的脚刚刚踏上雪坡，身后的德国军舰便映入眼帘。

杨深色的海军制服与雪坡上的皑皑白雪相互映衬，使他成为德舰以及沙滩上德军步枪的最佳射击目标。他绝望地与松软如粉的白雪抗争着，手疯狂地抓爬在柔软的、根本抓不住的雪面上，爬一码，又滑下来，再爬，又滑下来……身后的枪林弹雨把原始天然的雪坡撕得支离破碎，落在雪地里的炮弹，把大雪炸成齑粉漫天飞舞。他能感觉到沉闷的巨响和后背撕裂的疼痛，他有一种不祥的预感：这也许就是最终的结局。那种想躲起来，想为这种恐惧寻找庇护的冲动势不可当。但这里无处可藏，无人相助，亦无法摆脱降临在自己头上的这种恐惧。他只能一点一点地向上爬，吸入肺里的冰碴儿让他窒息，疲倦、愤怒和自怜使他呜咽抽泣，他不停地踢踩脚窝，而这些脚窝在身后不断地破碎，爬一段，又滑下来，爬一段，又滑下来……他用尽最后一点气力，与厚实松软的雪垫抗争着。

最后，他终于爬到了山顶。这里又出现了岩石以及风吹积而成的坚硬的雪面。这是一山之巅，不远处有可供掩护的地方。他回望自己爬行的路线，也是第一次敢于回头看。枪炮声消失了。脚下的峡湾尽收眼底。炮火的浓烟飘浮在峡湾上空。德舰停在布拉索姆原来下锚的地方。远处的海岸上，一群德国兵围在船员四周。近处，他登陆的地方，几名同伴躺在沙滩上，一动不动。杨想他们可能都牺牲了。峡湾散布着许多队德军，一些德国兵正凝视着他登上山脊消失的地方，另外一些德国兵则向着他的方向移动。在他眼前，足迹里的雪被染成了红色，他这才感觉到脚上的疼痛，他低头察看伤势。他身上仅有的伤看起来有点可笑，受伤的是他的右脚，那只赤裸着的脚，一半大脚趾被子弹打没了。由于脚已经冻住了，所以流血并不多。他站起身来，转身背对着峡湾又开始跑。不到十分钟前，他还与朋友们在船舱内一起休息，而今只剩他茕茕孑立。

Part 3

第三章 追捕

如果杨停下来考虑一下，他或许会万念俱灰：他孤身一人，穿着海军制服，在一个光秃秃的小岛上，被五十多个德军追捕；他在雪地里跋涉时留下了明显的踪迹，任何人都可以尾随而至；他全身湿透了，一只脚赤足，还受了伤，此时又是滴水成冰天寒地坼的季节；小岛与大陆被两道海峡孤立开来，每个海峡有数英里宽，德军在其间往返巡逻，而且他所有的钱和证件都在船上被炸毁了。

然而，当一个人的内心被突如其来的灾难吓得麻木时，他的行为更多的是本能反应而非理性。在军事行动中，正是在这种时候才能显出平时的训练是多么重要。所有船员的训练都是涉海的，大海是训练的基本要素，当船在眼前消失，他们被抛弃在岸边，没有时间回过神来思考的时候，他们的反应是绝望和投降。但杨受过专业训练，能把荒凉而充满敌意的国家视为可以生活和工作多年的地方。他期望上岸并在陆地上生活，所以当危机来临，他会不假思索地毅然去大陆隐蔽，然后准备杀出一条血路。如果他的战友没有受伤，或是没有溺亡在冰冷的海水中，毫无疑问他们也会这样做，尽管他们那时没像后来那样认识到任何风险和磨难都胜于举手投降。

那时，杨只思考着接下来的几分钟该怎么做，而没有想太远。他就像被一群狂吠的猎犬追赶的狐狸那样，没有想太多，也像狐狸一样凭借本能的机敏采取行动。在那种艰苦的情况下，这样做远胜于复杂的推理思考。岛的南坡雪比较少。在陡峭的巨石之间，杨发现有许多空地，他一瘸一拐地走了过去，从这些空地上穿过，没留下痕迹，他又原路折回，留下迷惑德军的假足迹，再从一块石头跳到另一块石头上，不在雪地上留下踩过的痕迹。但这里没有可供掩护的地方。无论走到哪里，在岛上的任何地方都可以看到他。随着激战的紧张逐渐平息，心跳和呼吸也从刚才剧烈的攀爬中慢慢恢复，他开始意识到，尽管他逃脱了，但德军尾随而至也是分分钟的事。

带着脚伤的拖累，杨盲目地在群山间奔逃，他并不清楚已经离开托夫特峡湾多远，这时他出乎意料地发现茫茫的大海再一次出现在他面前。他脚下的海岸上散落着一些房屋和一座码头，从埃斯克兰的描述中他认出了那个商店。他已经横跨了整个岛屿。

杨记得店老板有一艘小船，他思忖着偷走它。不过，横亘在他面前的海面宽阔而清澈，尾随而至的德军也随时会爬上这座山。他知道即便是驾船逃走，德军到来之前他还是逃不出他们的视野。

他继续走，从山上下到离码头稍远的海岸边。那里至少有一段狭窄的沙滩没有雪，他可以忍着疼痛，慢慢地沿着这段沙滩走而不会留下一点痕迹。他转向左边，远离那个商店，然后又向托夫特峡湾的方向往回走。此刻他感到难以忍受的孤独。

岸边有两间小草棚。他很想偷偷进去藏起来，盖上干草，暖和一下，再小睡一会儿。草棚显然是个隐蔽场所。可刚刚想到这儿，他马上意识到这两间草棚太显眼了，孤零零地立在那里。他想象着自己藏在草棚的暗处，听到德军沿着沙滩走过来，以及看到草棚后他们满怀期待的叫喊声，随后自己陷入德军的包围之中。毫无用处的草棚让他意识到，在这个可怕的小岛上他根本无处藏身。如果他停留在这个岛上，不管藏在哪里，都会被德军发现。

杨慌乱地沿着沙滩向前走着。尽管他自己没有察觉，但事实上他离埃斯克兰几个人去商店时穿过的那个海峡越来越近了。那个海峡叫沃尔格松，里面满是礁石，与南面和北面宽阔的海域形成鲜明的对比，其中最大的一块礁石面积达半英亩。看到这个“小岛”，杨随即知道自己该怎么做了，他第一次看到了一线希望。他急匆匆来到水边，踏进水里，再次潜入冰冷的海水中。

岸边距离那块大礁石只有五十码，尽管杨穿着制服，海靴只剩下一只，而且还带着手枪，但游过去也并不困难。然而当他从冰水混合的海水中探出身来，爬上那块礁石的另一边时，第二次泡在冰冷海水中的感觉开始提醒他：必须得盘算一下怎样做才不会被冻死。

小岛顶部有一小方泥堆，一直有人修整。他爬到这块泥堆下方，然后开始做运动，同时注视着本岛上的那些山。虽然逃亡的路上把受伤的脚趾弄得血肉模糊，但他那只赤脚仍然没有知觉。他脱下海靴，把左脚上的袜子脱下来穿在右脚上。一只脚穿海靴，另一只脚穿袜子，效果似乎还不错。他用力跺脚，同时在泥堆下面做蹲起，以让脚部的血液开始循环，尽量避免被冻伤。

德军很快就进入了他的视线，在接下来的两个小时里，杨一直密切注视德军的动向，一开始他有点担心和恐惧，但后来逐渐认识到自己的优势。德军呈散开队形肩并肩缓慢地前进，不时停下来搜查每一块岩石，叫喊声、命令声和回答命令的声音混杂在一起。而杨，则以野战训练的经历挑剔地看着他们。他想起曾经受过的教导，其中有一条他一直将信将疑：驻扎在挪威那种偏远地区的德国驻军是低级别的军队，由于位置偏远和长期不参加军事活动，士气十分低落。看着他们摸索着四处搜查，慢慢地，杨开始蔑视他们，认识到令人畏惧的军服下面掩盖的是漏洞百出，甚至还有恐惧。他们可能是办事员、厨师或勤务兵，得到命令后极不情愿地被从镇上的总部兵营里拖来参加战斗。他可以准确地猜出，这些德军在冰天雪地的岩石间搜索一个绝望的武装敌军的心情。

第一队德军沿着沙滩走过来的时候正是黄昏时分，由于他们拿着火把用来照亮岩缝，所以杨能看清他们。对于他们身后的海上，杨藏身的这个小岛，他们一眼没看就走了过去。到目前为止，德军似乎没想到他已经游走了。

天黑的时候，局面变得更加混乱。德军分成小队散布在本岛所有的山上，小队间用火把相互传递信号。他们都喊着自己的名字，生怕被误认为是敌军。山间时不时回响起零星的枪声，这极有可能是神经紧张的德国兵在黑暗中面对不明情况时开枪了。杨的内心为之一振，新的力量和勇气油然而生，他慢慢明白，尽管德军人多势众，但他们还是害怕他。

研究德军的机会至少相当于数月的军事训练，因为此后，他对最终能智取德军再也没有产生过一点怀疑。

与此同时，他也越来越清楚自己所处自然环境的危险。人这种敌人，虽然可能冷酷无情充满恶意，但总有人类的弱点。但无人可以小看北极。就眼下的情况而言，杨知道，如果穿着湿衣服待在那儿，他不会活到明天早上。

当然，只有一个办法：再次下海。他可以游回陷入德军重重包围的里贝尼索，或者也可以横渡海峡游到东边另一个岛——赫尔索。不管怎样，他必须得找到一栋房子，能让他进去，把衣服弄干，让他暖和一下。他在里贝尼索只看到两栋房子，一个是那家商店，另一个是在托夫特峡湾，这两处都不能去。他从地图上看到西面更远处还有一些房子，但等他到时那里可能已经布满了德军。穿过海峡，在对面的赫尔索岛上，他看到只有一栋孤零零的房屋，但他并不知道谁住在那里。

杨注视着沃尔格松，思忖着那里有没有可能。实际上，杨的位置距沃尔格松只有二百二十码，但在黑夜中他很难判断海峡的宽度。那一片遥远的海岸，看上去只是位于波光粼粼的海面和闪耀着雪光的群山之间的一个黑乎乎的影子。海峡中的海面被随处可见的旋涡扰动着：开始涨潮了。如果身体健康，而且体能消耗不太大，杨可以轻松游完这段距离，但那时他判断不出潮汐的影响、寒冷的程度以及他会不会筋疲力尽。他站在那里思考了很久，才最终下定决心。无论如何他都不想死，但溺水而亡似乎比冻死在这里要好得多。他回过头最后看了一眼身后德军闪耀的火把，蹒跚着走下岩石，再次潜入冰冷的海水。

身体的痛苦达到极致时，经常会导致记忆模糊，这也许是上天赐予人的恩惠。在这第三次也是最漫长的一次横渡海峡中，除了抽筋的痛苦，除了认为自己行将毙命的可怕想法，除了觉得绝大多数人一生才可能碰到一两次的经历，他却在一天之内不得不多次面对，杨几乎记不得任何事情。就在他放弃所有思想上的挣扎，承认自己的失败，准备迎接摆脱痛苦的那一刻，偶然的旋涡将他冲到岛更远处的岸边，把他柔弱无力的身体翻卷到岩石之中，他脸向下躺在那里，痉挛带来的痛苦使他蜷缩着身体不断地呻吟，他寸步难行，也不想再动。

不一会儿，朦胧中传来说话的声音。沙滩上出现了脚印，还有石块滚动的声音。杨有些好奇地猜测听到的声音是德语还是挪威语。这时他似乎已经脱离了自己的躯壳，飘浮在身体之外，带着遗憾看着那个筋疲力尽的人躺在岸上，也注视着正在向他走近的人。如果来者是德国人，躺在那里的那个人虚弱得根本逃不了。但是慢慢地，他意识模糊迟钝的大脑，开始接受在那个充满死亡和血腥暴力的一天中，未曾预见到的不可思议的事实：那是孩子们的声音。有两个孩子沿着沙滩，边走边用挪威语叽叽喳喳地聊着。突然她们停了下来。杨知道，她们看到了他。

他抬起头，看清楚了，是两个小女孩，手拉着手，充满恐惧的眼睛睁得大大的，吓得呆若木鸡。他微笑着说："你们好，不要害怕。"他努力转过身坐起来。"我出事了，"他说，"我十分希望你们能帮我一下。"她们没有回答，但杨看出她们放松了一些，他这才意识到，她们刚才看到他时以为他死了。

杨喜欢孩子。母亲死后，他一直照顾自己的弟弟和妹妹。那一刻，除了怜悯，或许世界上再也没有什么可以赋予他意志力：他急切地想消除孩子们的恐惧，弥补他给孩子们带来的惊吓。杨心平气和地跟她们聊天，他的自艾自怜和绝望已经消失得无影无踪。他告诉她们自己浑身已经湿透了，甚至就此开了个玩笑。随着孩子们的恐惧逐渐变成好奇和兴趣，她们向杨走得更近了些。他问孩子们的名字。她们是迪娜和奥莱于格。过了一会儿，杨问她们家近不近，能不能带他去。想到可以带杨回家向父母炫耀一下她们的发现，她们十分开心，搀着杨向家里走去。她们的家并不远。

屋里有两个女人，还有她们另外的几个孩子。看到两个小女孩领进一个浑身冻成冰块、瘸着脚、蓬头垢面的男人，两个女人惊恐地尖叫起来。当杨用挪威语开口跟她们说话时，恐惧随即变成了母性的关怀，她们急忙把他领进厨房，带他到火边，递给他毛巾，端上水壶。

这两位女性在杨征程的第一个夜晚所给予的帮助，是在接下来的数月里照顾杨的一系列伟大慈爱义举中最高尚的，因为她们知道海峡对面发生的一切，她们也知道，清晨前后德国人肯定会随时破门而入进行搜查。她们明白当面对德国人的盘问时，一句不小心的话就可能葬送她们和孩子们的生命。然而她们毫不犹豫地打开门接纳一个绝望的难中人，还照顾他，挽救了他的生命，并送他踏上征程。她们从未想过也未曾希冀得到回报，她们心中只有一个坚定的信念：无论付出何种代价，她们都要履行基督徒的职责。她们是彼得森太太和伊德鲁普森太太。

杨做的第一件事，就是提醒她们德军正在追捕他，如果被德国人盘问，她们必须说他带着手枪闯进来，强迫她们帮助他。他掏出手枪来强调这一点。当杨确信她们理解了自己的话，甚至孩子们都清楚地明白该如何做如何说时，他立即派两个孩子到外面放哨，告诉她们，一旦发现有船驶入海峡，就立即提醒他。

实际上，伊德鲁普森太太来自托夫特峡湾。当托夫特峡湾枪声四起时，她带着孩子们跑到山上，在岛的最高处，她看到了峡湾里发生的绝大部分情况。她划着船和邻居一起穿过峡湾来避难。彼德森太太有一双成年儿女和两个小点的孩子。她儿子外出打鱼了，但她估计儿子随时可能会回来。她的丈夫和伊德鲁普森太太的丈夫一样，出海去罗弗敦捕鱼，直到捕鱼期结束才会回来。

杨不停地跟她们说话，两个女人忙里忙外，为他提供最需要的实际帮助。她们给杨拿来食物和一杯热牛奶，帮他脱去湿透的衣服。她们找来彼得森先生崭新的内衣、袜子和一只海靴，把杨的制服挂起来晾晒，按摩他的脚和腿，直到他的腿有了知觉，还包扎了他受伤的断趾。

当她们忙着让杨恢复体力时，放哨的孩子先后两次跑进来说有船来了。每次听到报警，杨都会穿上仍然冒着湿气的外套、裤子和海靴（一只是自己的，一只是彼得森先生的），收拾好自己所有物品跑出屋子爬到山上。但每次船都开走了。

在这期间，杨得到了休息和放松。在那个简陋的挪威厨房里，孩子们围在他身边说着他的母语，杨感觉这里是他三年海外漂泊生涯中最像家的地方。那种温暖，那种回家的感觉，以及经过恐怖紧张的一天后家庭温暖生活的鲜明反差，让他昏昏欲睡。很难想象屋外漆黑的夜色中，还有残忍无情的敌人，一旦看见他就会开枪射击，发现他在这里就会把这个家变成废墟，把孩子们关起来，把他们的母亲带走，进行非人的折磨。所有这些血腥暴力如梦般虚幻。当杨把思绪拉回现实的纠结中，他发现自己很困惑，这种困惑以后也经常袭上他的心头：他应该让这些人帮助自己吗？为了自己的性命值得这样做吗？作为一名战士，为了自己而让女人和孩子命悬一线，这样做对吗？为了使她们不因舍己为人的美德而被牵连，他不应该走出去孤军奋战吗？但在那一刻，这些问题没有答案，因为他不适合做任何决定。彼得森太太和伊德鲁普森太太悉心照料他，就像照顾自己的亲生孩子一样。

杨在那里待了大约半小时，彼得森家的长子回来了。他听到了托夫特峡湾里的爆炸声，但并不知道发生了什么情况。她们把事情的经过告诉了他。得知此事后，那个男孩就认为，当德军正在岛上掘地三尺地搜查时，让一个受伤的幸存战士藏在母亲的厨房里是理所当然的事。由于父亲不在家，把杨转移到安全的地方就成了他的责任。他开始思考该怎么做。

首要的事是让杨休息。这首先是因为不知道他什么时候有再次逃跑的机会。其次，在德国人正在大肆搜捕的时候乘船出去很愚蠢。想好之后，彼得森的长子建议杨休息好后应逃离所有岛屿，要逃到大陆去。因为任何一个岛，不管有多大，都可能成为陷阱，不仅仅是因为可能会被切断退路，还因为岛上的居民彼此了如指掌。如果杨在赫尔索再多待一天，岛上的每个人都会知道他藏在这里。但是在大陆，如果德军真的尾随而至，你可以一直逃，可以逃得更远，而且闲言碎语也不会传得这么快。总而言之，杨在大陆会更安全。而且，大陆是去瑞典的必经之路。

这是杨第一次停下来思考自己的终极逃亡。在此之前，他只是忙着躲过接下来几个小时的追捕，甚至还想着把北挪威当作自己的终点。那是他出发时的目的地，而且他已经到达了这里。尽管他失去了同伴和所有设备，但他本人并不承认整个远征是一次彻底的失败。他仍然希望在那里可以做些工作，至少在体力恢复并摆脱德军追捕之后可以开展部分活动。但诚如他现在开始看到的，住在那里的人们都认为，他这种陷于重重包围的人应该立即去瑞典。那是一段艰难的旅程，但路途并不长，只有八十英里——直线距离，如果他能走直线的话。

那个男孩接着说，问题在于他自己只有一艘划艇，他们不可能划到大陆去。他们所在岛的南面是斯卡格松海峡，只有两英里宽。海峡对面是灵瓦斯，一个二十平方英里的岛，该岛的南面又是一个海峡，名叫格勒特松，是北方通向特罗姆瑟的主要通道，大约四英里宽，其间布满德国巡逻船。他本人尽其所能，可以帮助杨的是在清晨前划船送杨到灵瓦斯岛。不过他认识那里一个叫延森的人，此人不错，有一艘摩托艇，几天后正准备去特罗姆瑟。延森的妻子是那里的助产士，他有许可证，经常会在海峡开船往来。他可以轻松地把杨送到大陆。

杨感激地听着那个男孩有条不紊地讲出整个计划。那一刻他十分高兴，因为有人为他想好了所有的事情，而且他准备接受任何能把他带离托夫特峡湾的想法。

一切商定后，杨开始休息，那个托夫特峡湾家庭的长子，则开船去看看家里的情况，同时帮杨看看有无其他队员的消息。他去了两个多小时。回来后，杨明确知道，所有十二名成员中，他是唯一既没有被击毙，也没有被抓的人。托夫特峡湾平静了。数队德军还在远处的群山间搜捕。散落四处的破碎木片使峡湾的斜坡一片狼藉。男孩看到一个汽油桶的残骸，还看到一条弹链悬挂在一棵树上。但是沙滩上，无论是活人，还是死人，一个人都没有。德国军舰走了，开着探照灯向岛的北部缓慢开去。杨的伙伴或是他们的尸体肯定被带到了船上。埃斯克兰和波·布林德黑姆和其他所有伙伴都离开了，他再也不可能看到他们了。杨只能孤独前行。

一大早，天还未放亮，杨便离开了赫尔索的那间小屋。彼得森太太和伊德鲁普森太太目送他离开，并没有太在意杨的千恩万谢。这份感谢当然远远比不上她们为杨提供的帮助。男孩带他来到船边上了船，然后将船驶入海峡。杨感觉自己完全恢复过来了，随时可以面对任何情况。他们转向南开始划船前进，经过了他曾游上岸的地方，经过了那个商店，随后出了海峡，穿过公海，径直向灵瓦斯划去，把托夫特峡湾留在了身后。一切平静而安宁。

Part 4

第四章　雪地海靴

平静下来的时候，杨经常会想家，就像战争中所有军队中的所有士兵一样。据他所知，家人仍在奥斯陆：父亲、弟弟尼尔斯和妹妹。他妹妹名叫于丽娅，但他们从来不叫她这个名字，因为觉得这个名字太老套。他们一直叫她比藤，这是杨八岁的时候给还是婴儿的妹妹起的昵称。母亲去世时，杨十六岁，尼尔斯十岁，比藤只有八岁。于是杨突然间不得不承担起与年龄不相称的生活重担。父亲上班时他得照顾弟弟妹妹，甚至有段时间还要买菜做饭洗衣服，直到姑姑来家里帮忙时他才得以解脱。

无论是灾难前，还是灾难后，杨家四口人一直亲密无间。直到德军入侵后的一天早上，他接到命令，必须在一小时内离家。

然而经过多年在一起的生活，他和比藤之间不知怎地产生了一种特殊的兄妹情。年轻的尼尔斯毕竟是个男孩，很独立，什么事都靠自己。而比藤却越来越依靠杨拿主意，他很爱这个妹妹，也为她自豪，觉得她一天天长大很有趣。

或许这种大哥哥式的感情，对于时年二十六岁落难托夫特峡湾时被幸运之神光顾的杨来说，一直是他生命中最深厚的情感。不管怎样，当离别时刻来临，离开比藤使杨伤心欲绝。当知道自己必须离开这个家时，他尽量让分手那一刻没有痛苦地迅速结束。那天早上，他心神不宁地等着，直到知道比藤会从学校回家。在去车站的路上他遇到了妹妹，他只是简单地告诉比藤说他要走了。那一年她十五岁，从此以后杨再也没见过她。离家后的最初几个月，当时他在挪威或瑞典，有时他还能给妹妹写信。那时他用的是假名，这样一来，信如果落到坏人手里，她也不至于因为有一个投降后还在抵抗德军的哥哥而招致麻烦。信中他求妹妹要上完高中，不要急着找工作。但他从来不知道她是否接受了他的建议。在瑞典监狱中的时候，他收到过妹妹的几封信，其中有她参加无挡板篮球赛的剪报。这让杨开心地想，妹妹想让他开始服刑时对无挡板篮球产生兴趣。但这也让他十分想家。自从离开瑞典前往英格兰后，杨再也没听到比藤的消息。差不多已经三年了。现在她应该十八岁了，已经长大成人了，杨这样想着。他很想知道她过得快不快乐。

那天清晨坐在小船里，当来自赫尔索的男孩划着船载他穿过海峡时，杨自然而然地想起了家人。自从开始特工训练以来，一直让他牵肠挂肚的是要悉心保护家人，以防出现不测时他们遭到报复。既然被捕和死亡随时都是眉睫之内的事，杨就不得不提醒自己保护家人的一种方法，也是唯一的方法：避免被活捉，不要活着落在敌人手里。如果有一天不得不面对死亡，那就作为无名小卒死掉。他身上没有带任何可以认出他或是他的尸体是杨·巴尔斯路德的东西。实际上，情况可能真的会像他设想的那样：若是最坏的情况出现，德国人会草草将他的尸体埋了，不会在埋葬处标上他的姓名。如此，他的父亲、尼尔斯和比藤永远不会知道他到底发生了什么情况。杨本想让他们知道自己已经尽力了，但让他们对自己的情况一无所知，是保证他们安全必须要付出的代价。

男孩的话，硬生生地把杨的思绪拉回了现实。男孩意在把他带到延森家，并介绍给延森以确保他安全。但杨不得不让那个男孩把自己放在延森家看不到的岸边就行了。他向男孩解释了所有“非法计划”的首要原则：任何人都不应知道超出其需要之外的信息。很遗憾男孩及其家人知道杨来延森这里，但没有必要让延森知道他从哪里来。杨对那个男孩说，你可能会信任一个像大哥哥一样的人，但让他因知道不必要的秘密而承担后果就不厚道了。因为没有哪个现在还活着的人可以保证自己在被逮捕和被盘问时不说出这些秘密。当被灌了药或是被严刑拷打而精神崩溃时，你嘴里会说什么根本不是意志能决定的，根本无法预测，而且超出了自控。杨本人是唯一知道谁帮助过他的人，但他有手枪。他还严肃地向这个男孩承诺——后来他向更多的人做出过这样的承诺：他不会让德国人活着抓到他。随后两个人在灵瓦斯岸边分手，男孩倒船离开消失在黑暗中，留下杨孤身一人站在岸上。

那时，除了身上穿的衣服、一条手帕、一把小刀、口袋里一些无用的小东西和手枪外，杨在这个世界上一无所有。他里面穿着彼得森先生的内衣，下身是蓝色的海军裤，上身是毛衣，外套则是暖和的双排扣的挪威海军制服，带着铜扣和海军徽章，尽管他从来没做过海军，甚至不知道自己会不会划船。外套肩头缝着挪威国旗，其上绣有英文的“挪威”字样。他的帽子已经丢了。杨忍俊不禁地看着自己两只橡胶靴留在雪地上的奇怪脚印，一只靴子是英国的，一只是挪威的。不得不说这还真有一些象征意义，如果你仔细想想的话。

灵瓦斯岛的这部分区域有十二间房子，但杨轻而易举地找到了延森的家。他家的灯还亮着，里面还有声音传出来。他希望这说明延森起了个大早，正准备去特罗姆瑟。他走到房子的后门，犹豫了一会儿，敲响了大门。一名妇女立刻打开了门，杨问她延森是否在家。“不在，”那个女人答道，“他昨天早上去了特罗姆瑟，两三天后才能回来。”

听到这个让人失望的消息，杨迟疑了一会儿，因为他不愿向不能帮助自己的人表露心迹。他本想找个借口转身离开，但他注意到，那个女人借着门口的光看到他身上的制服时，脸上出现的惊奇和警觉。

“德国人正在抓捕我，”杨说，“屋内有人吗？”

“为什么会抓你？当然有人，”她回答说，“屋里有我的病人，但他们都在楼上。你最好进来。”

女人的这番话，让杨明白了为什么凌晨时分屋内还有灯光和说话声。他还不知道一个助产士的生活是什么样的。他进了门，开始告诉她发生的一些情况、他需要什么，以及帮助他会给她带来什么样的危险。

延森太太一点也没有被危险吓倒。她听到了托夫特峡湾的爆炸声，而且流言已经在灵瓦斯传开了。她提出的唯一一个问题是：谁把杨送到她这里的？杨没有告诉她，并且解释了不能说出来的原因。她立刻就明白了。延森太太说，欢迎他留在这里，遗憾的是，她丈夫没在家，而她本人现在不能离开这里，哪怕一会儿都不行。但这里有足够多的房间用来接待来来往往的病人。杨可以在这里待到晚上，或者，如果他愿意的话，可以一直等到延森先生回来。延森会很乐意带他去大陆。但是她不清楚延森这次要去多久，而打电话去特罗姆瑟让他赶紧回来可能有危险。

“你一定饿了吧，”她说，“请稍等片刻，我这就去给你准备早餐。”说完，她急忙上楼先去照料一个分娩中的妇女。

杨确信待在她这儿跟待在其他人家一样安全，他甚至可以想象得到她如何干练地与前来搜查的德国兵周旋。如果想找一个藏身处，没有比产房更安全的地方了，因为即使是德国人，也可能会犹豫要不要搜查那种地方。然而，用那种地方藏身，会让人觉得十分丢人。这个藏身之处也可能不起作用，可能德国人不在乎这个。杨跟所有未婚年轻人一样，对生孩子既敬畏又一无所知。

但他完全能想得到德国兵横冲直入地闯进产房，他本人被迫与他们在那里开战，而且可能会失败，不得不开枪自杀。如果事情发展到那种地步，他本人做好了面对那一切的准备。一个人若清楚地知道某件事可能要发生，他总能平静地去思考。但是如果殃及一个正在生产的女人，或是看到一个新生儿被枪杀或是被踩在脚下，那就太惨无人道了，想想都让人难以接受。

除此之外，杨还有另外一个实际的战略性考量，他离托夫特峡湾仍然很近。如果德国人真想找到他，用不了多久，他们就会把里贝尼索翻个底朝天：或许他们已经搜查完了。当他们确信杨已经离开那个岛，那么显然要搜查的地方就是他现在待的地方，也就是正对里贝尼索的灵瓦斯海岸。德国人的搜查范围，会像池塘里的水波一样逐渐扩大，直到他们承认找不到他为止。而在此之前，他必须不惜一切代价，在德军搜查这里之前逃离。

延森太太回到屋里开始收拾桌子时，杨向她言明他决定离开这里。她没有表达任何想法，只是反复强调说，如果杨愿意，她欢迎他留在这里；如果他不想待在这里，她会给他带些食物。延森太太开始嘱咐杨，她所在的岛上哪些人可以帮助他，哪些人比较危险。杨有几条路线可以选择：如果碰巧能找到船，他可以走海路；或是沿着岛的海岸走，或是沿着岛中部将本岛一分为二的山谷上行。她警告杨，如果他沿山谷上行，就务必加倍小心。住在这种遥远偏僻与世隔绝地方的人，更愿意接受牧师、地方治安官、当地议会主席或其他一些社区领导的政治观点。这些人对外部世界知之甚少，无法形成自己的观点。她隐约听说过，山谷中恰好还有一个人是纳粹，她担心很多人会受此人的影响。如果发现有一个陌生人，那个纳粹肯定会知道。尽管她不是很确信，但她认为那个纳粹会向警察报告。当然了，她说，绝大多数灵瓦斯人是相当好的。他几乎可以走进每栋房子，而且肯定会受到欢迎。随后，延森太太又告诉杨很多乐于帮助他的人的名字。

延森家丰盛的早餐、延森太太的友善和无所畏惧的理性，使杨备受鼓舞，一大早他便离开了助产士的家，他想在太多人出门之前离开这栋房子。但现在是黎明时分，极有可能有人透过窗户看到他。这是迷惑别人的绝佳机会。杨沿着海边出发向西走。顺着这个方向，他本应该爬上山谷，或是沿着海岸线绕到岛的西侧。但当他走出最后一栋房子的视线后，杨改变了方向没有进山，而是从那些房子后面绕过去，再次抵达东边很远的海岸。他已经制订好方案，先向前走一小段，接下来走三十英里到达岛的南端。

这段行程看起来易如反掌。他清晰地记得地图上的路线，而且据以前训练的经验，这应该是轻松的一天。杨知道山地地图经常具有误导性，即便是此类地图中最好的，也不可能告诉你一座山能不能爬。而杨没有料到挪威这个地区的地图如此误导人。通常而言，没有人能在北部地区的岛屿上走很远。从一个地方到另一个地方的天然路线是沿海的，因此海图相当精确。而当时最详细的陆地地图比例尺，也只是四分之一英尺对一英里，在这样的地图上，灵瓦斯看上去是一个绿色光滑的圆圈。高度在地图上是没有标注的。虽然标注有等高线，但十分模糊，似乎作者绘制等高线时更多的是想当然，而不是依据科学测量。地图上显示仅有的一些房屋都沿海岸聚集，但没有标注任何道路，从这些事实也许能推断出一些信息，但地图上的内容丝毫没有表明冬季横穿此岛的艰难。

杨曾在黑夜里到过那里。如果他曾经看过这个岛的全貌，那也只是在德军紧随其后追捕他时，他从托夫特爬上山头那一刻看了一眼而已。因此，他十分乐观地穿着橡胶海靴出发了。然而这三十英里的路程，他却足足用了四天时间才走完。

这段行程中，他没有遇到任何直接的危险。唯一的危险，是那种有能力的登山者都能克服的问题。一旦消失在没有踪迹的岛内，他绝对可以安全地逃过德军的追捕，除非他再次出现。然而这是一次让杨恼怒的行程，每英里都会出现新的不适和让人沮丧的麻烦，最烦人的是那双海靴。杨是一名优秀的滑雪者，像绝大多数挪威人一样，从会走路时起他就习惯滑雪：如果能滑雪穿越灵瓦斯，那绝对是一件乐事，肯定轻松而迅速。可是他的滑雪板和其他所有的物品都被炸成了齑粉，而且恐怕没有什么比橡胶靴更不适合在这么深的雪地里行走的了。

刚出发时，他想沿着海边走，那里雪更薄更硬，同时他本来还打算沿着潮线下面的沙滩走。但在第一天早上，他就发现并非看起来那么容易。杨走了不久，就来到一座山的尽头，前面出现了一座悬崖。他尝试走悬崖下面的沙滩，但越走越窄，直到爬过一块岩石，他才看到面前的悬崖陡直地插入海里。他只得退回一英里，开始爬那座山。山并不太陡，但这让他意识到自己正在做一件多么艰难的事。穿着湿漉漉的橡胶靴，让他每走一步就滑一下。有时，如果在雪硬的地方能踢出脚窝，他的攀爬本来会很容易，但靴子太软，用右脚踢脚窝的时候撞得脚趾特别疼。他只能慢慢爬，主要用一只脚，就像孩子上楼一样。但当雪软的时候，他会陷入齐腰深的雪里，靴子里灌满雪，每走一步就会掉下来，他不得不趴在雪地上用手摸索着找靴子。

到达山顶后，他停下来稍作喘息，这时他可以沿着向西的海岸线看到前方很远的地方。前面重峦叠嶂，每座山都如正在他脚下的这山一样，尽头都是无法攀登的悬崖绝壁。

他开始从山的另一侧下山。即便是向下走仍然很痛很慢。若是踩着滑雪板下坡，应该可以快乐地奔跑，而现在他只能拖着沉重的脚步慢慢走，伤趾时不时撞到靴子，疼痛产生的抽搐时常使他失去平衡而摔倒。

然而，所有这些都算不上是苦恼。不管发生什么，只要是自由的，他就不该觉得这些算是苦恼，而且这样想也是对朋友的不忠。挣扎着痛苦前行的同时，他想到很多有关那些朋友的点点滴滴，特别是波和埃斯克兰。他十分想念他们。训练中，杨当然学会了如何照顾自己，也学会了自行决定如何采取行动。理论上讲，他完全能够自行决策而无须依靠上级来为他做出决定，但这与突然失去埃斯克兰是两码事。他十分崇拜埃斯克兰，一直认为他比自己更有智慧、更有能力，杨总能从他那里得到中肯的建议和理解。至于波，从某种程度上讲，杨所受的训练更不可能取代波的位置，长期以来波与他不分彼此。杨了解波的工作，但不管怎样，没有人与他商量让他十分难受。至于他的这些朋友正在遭受什么，他不忍心去想。他宁愿忍受更多的痛苦以使自己更贴近他们的内心。

怀着这种心情，他强迫自己超长时间行进而不休息：二十四小时，十三小时，二十八小时。但杨走的距离其实很短，因为他经常发现自己面对的是不可攀爬的岩石，只得沿着足迹再原路返回，同时天气也妨碍了他的行程。

这里的天气变化无常。晚上净空如洗时，极光在海面上空闪耀舞动；遇到阳光明媚的白天，大海一片蔚蓝，天空浮现出乳白色的光辉，其他岛上的山顶隐隐约约，看上去那样柔和虚幻，超然脱俗。阳光暖洋洋的，雪地和水面反射的光会刺痛他的眼睛，而山的阴暗处则昏暗阴冷。转眼间，右侧地平线会飞来一阵雪花，视线突然间变得模糊不清。一两分钟内，光明退去，温暖消逝，下面的大海变成灰色。阵阵狂风沿着山坡席卷而下，乌云迅疾掠过山峰。紧接着，大雪从天而降，灰柱状的冻雾迎面袭来，吼叫着，旋转着，叮咬在他的脸上、手上，随即冻透他的全身，天空和海洋被遮蔽，以至于他能看到的世界浓缩成了一个几英尺大、旋转着的白色物体，他的身体和他自己的足迹成为这个世界上唯一的存在。

白天，他坚持在这样的暴风雪中行进，与其说是为了前行，不如说是为了保持身体暖和。但当暴风雪在夜间袭来，他便全然失去了方向。有一天晚上，他不得不原路返回到一个四小时前经过的牛棚里避雪。

杨在岛屿北岸的两栋房子门前停了下来，房主人接纳了他，允许他在那里睡觉。真是奇妙，那个受伤的脚趾仿佛成为他得到人们帮助和信任的护照一样。流言在杨来之前已经传开了，说德国人已经开始对每栋房子进行新一轮的搜查，寻找收音机这种每个人都不允许有的设备。人们已经猜到，此次搜查与他们听说的托夫特峡湾的事有关，当得知杨是从托夫特逃出来的，他们便草率地认定德国人正在搜捕他。不过，如果搜查是真的而不只是流言，那么人们的猜测的确可能是对的。这首先让他们中的一些人感到紧张。像那个店老板一样，他们害怕德国的“特工奸细”，而杨的制服并不能让他们安心。一个德国特工穿成他那样也是预料之中的事。但是脚趾就不一样了。虽然德国人做事很精细，但德国特工不可能周密到把自己的脚趾打伤。当杨脱掉靴子和袜子，把受伤的脚趾给人们看时，这个受伤的指头让岛上的人相信了他。行进途中杨休息得相当好，保护他的当地人会派忠实的人去放哨，发现德国人来就提醒他。

人们总是问杨，是谁让他来这里找他们的。若他不告诉他们，一些人就心生怀疑。但杨仍然坚持不透露，因为他心里时常担心会给德国人留下一系列追查环节，只要德国人找到一个曾经帮助过自己的人，他们就可以滚雪球式地追查到所有帮助过他的人。此类事情以前也曾发生过，结果是逃跑的人在身后留下了一连串灾难。要避免这种事情发生，只须谨慎就行了。杨从未告诉任何人自己从哪儿来，当他请别人推荐下一段行程可以提供帮助的人选时，他总是让人们给他许多人名，而不告诉他们他会去找谁。这样，因为没人知道，所以也没人能说出他从哪里来到哪里去。

行程的最后一段最长。他遇到的每个人都提到了埃纳尔·瑟伦森这个名字，这是一位在岛南端一个叫比约讷斯卡的地方负责电话交换台的人。所有人都知道他，就像每个人都知道一个地区的电话接线员一样，人们提起他时总是满怀敬意。比约讷斯卡位于大陆对面。如果有人能把杨送出岛，埃纳尔·瑟伦森似乎是不二人选。相反地，若他拒绝，或是他不在家，那就糟透了，因为岛的南端部署了大量德军、海岸炮兵连、探照灯基站和巡逻船基地，防守着去特罗姆瑟的入口。比约讷斯卡被把守得如同一条死路。其两侧的海岸线人口密集，防守严密，杨要到那里只能从内陆突破，翻越崇山峻岭。那是一段漫长的行程，路上没有人烟，亦没有任何可以躲避风雪的地方。如果到达岛另一端的比约讷斯卡后那里没人帮忙，杨极有可能再也回不来了。然而有些冒险很有吸引力，他喜欢从荒无人烟的连绵群山直插入敌人防御系统核心。

这段行程使他付出了二十八个小时持续不断地与暴风雪抗争。在那以前，他一直没有远离海岸，也无法看到岛上除了丘陵之外的其他地形，大海一直在他的左侧指引着他。但是现在他进入一个又长又深的峡谷，进入荒芜贫瘠的崇山峻岭之中——地图轻松地忽略了这个地方。他的上面，特别是右侧，是斧削壁立的山谷和一些山腹峡谷，黑暗静寂深不可测，其顶端是雪檐。左侧是被称为“索尔廷德”的峭壁危岩，他无论怎样都得在崇山峻岭间找到通向比约讷斯卡的山坳。

进入如此令人生畏的环境之中，杨的行进缓慢而艰难。谷底遍布着结冰的湖面，光滑难行。而湖之间的地面则覆盖着厚厚的白雪，盖住了下面的很多巨石。每走一步，他不知道脚会踩到岩石、冰，还是坚硬的可以支撑住他的雪壳，或是一屁股跌坐进深深的岩石缝隙中。有时前进一码都会让他筋疲力尽，每次将自己拖出深深的雪中暗洞后，杨不得不停下来休息一会儿，然后回过头来看看费了九牛二虎之力才走完的那段短得可笑的距离。停下来的时候，他会意识到自己的孤独。整个山谷荒无人烟。在这个白茫茫的银色世界中看不到任何生命的迹象，没有人来过的痕迹，没有动物留下的足印，看不到鸟儿飞翔，听不到鸟的鸣叫。

杨整整用了一天一夜才穿过这片孤寂恐怖之地。4 月 3 日黄昏时分，他来到了索尔廷德一个山坳的顶峰，此时距他离开托夫特峡湾已过去四天。杨看到下面有三栋房子，他知道那肯定就是比约讷斯卡了。房子的远处是他要跨越的最后一个海峡，而海峡的另一端，便是他此行的目的地——大陆。他蹒跚着走下最后一个山坡，准备投入埃纳尔·瑟伦森的友善之中。

杨一点都不用担心埃纳尔·瑟伦森会不接待他。埃纳尔·瑟伦森、他的妻子和两个小男孩都十分欢迎杨，好像杨是他们的老朋友和尊贵的客人。他们倾其所有，把本来就少得可怜的口粮全部拿给杨。没等杨吃饱，埃纳尔就急不可待地把他拉到旁边的一间屋子里聊起来。

对于埃纳尔不可避免要问的问题，杨不假思索地答道，在英格兰就已闻其名，尽管事实上他是前一天才听说埃纳尔的。对于这一回答，埃纳尔兴奋地说："他们真的成功到达了英格兰？"杨这才意识到像他这样的逃亡者绝不是第一次来他这里。杨说自己并不知道他们是到了英格兰，还是仅仅到了瑞典，但至少他们的报告传回了英格兰。

谈过之后，埃纳尔就没完没了地忙碌起来。后来当杨想到这件事，对自己竟在这么无关痛痒的小事上欺骗这个男人很是羞愧。但事实上一个秘密特工只要是在工作中，其存在就是一个彻头彻尾的谎言。他说的一切都是达成最终目的手段，他很少说真话。越优秀的特工，说出的谎言越彻底。他所接受的训练，就是要极其小心地把真实藏于内心黑暗的角落之中，以至于为了自己，在少数不会产生危害的情况下，他也失去了说真话的天然本性。然而，当他出于职业习惯向一个朋友讲了不必要的谎言，往往很难再解释清楚。因此杨就让埃纳尔自认为他帮助的所有人都到达了安全的地方。

那晚他们坐了一个小时把所有事情都商量了一遍。埃纳尔认为杨应该即刻动身。他的房子是电报局，也是电话交换台，整天有人出出进进，而且一英里内两个方向都有德国军营。至于穿越海峡，现在是最佳时机。今夜有暴风雪，这很有利。德军的巡逻船在天气不好时都会躲在避风处，大雪也会严重干扰探照灯。此时，风越刮越大，明早前可能会更猛烈。

大约午夜时分，埃纳尔出门去叫住在隔壁的父亲过来。他想当夜两人划船渡过海峡。出门前，他把杨带到厨房里等。虽然两个孩子这个时候早该休息了，但他们还和母亲在厨房里。他们让杨给他们讲个故事，于是杨坐在火堆旁，小一点的孩子爬到他膝盖上。杨相当疲惫，而且内心十分沉重，因为孩子的父亲刚刚告诉他波、埃斯克兰和其他战友们遭遇的恐怖经历。杨把思绪从这个出卖和谋杀的故事中抽拔出来，伸手把孩子抱住，努力追忆自己的童年时光。

“嗯，从前啊，”他缓慢地讲起来，“很久很久以前，在一个很远很远的国家……”

Part 5

第五章 特罗姆瑟惨案

那天下午埃纳尔从特罗姆瑟回来。那里的人们都在谈论着托夫特峡湾枪战和最后的结局。尽管人们习惯了德军的野蛮暴行，但还是被当时令人发指的场面吓呆了，其残忍程度已经到达了小镇人能接受的极限。实际上，那夜埃纳尔向杨讲述的是一个令人悲伤的灭绝人性的故事。在这里讲出来，并非只是说着玩玩，而是因为没有这个故事，就无法描绘出这种暴行与帮助唯一幸存者的那些人表现出的恻隐友善所形成的鲜明对照。因为这些人都熟知德占区德国人的管理手段，也完全明白被抓后他们将承受的惩罚。

虽然埃纳尔和其他北挪威人在托夫特枪战发生后的一两天就

知道了其大概，但整个事件的细节直到战后才被发掘出来，是挪威法院在审判中作为证据公布于众的。

当那个店老板经过一个不眠夜做出那个生命攸关的决定后，他打电话给一个公务员朋友，这个公务员本人面临着两难选择。当时挪威纳粹党领袖吉斯林已经被德国人任命为傀儡政府首相，而这个公务员本人是挪威纳粹党成员，但这一事实本身并不意味着他有纳粹倾向。挪威被占领后不久，在少数派政府任职的很多人都收到了德国人的通知，通知简明扼要地说，除非他们加入纳粹党，不然就会被开除。在南方地区，很多人在收到这个最后通牒后可以相互咨询，而且他们约定一致拒绝接受这个要求。由于太多人拒绝加入纳粹党，因此他们揭穿了德国人虚张声势的恐吓，同时保住了职位。而在鸡犬不相闻的北方，人们之间互相拜访要走两天的路，因此他们每个人不得不独自面对这个问题，而且他们中的很多人决定或是劝自己——这种行为无关乎对错：如果签字加入纳粹党，他们还能保护人们的利益；如若拒绝，他们就会被德国人任命的人取代。商店老板认识的那个人，就属于这种情况。

不管怎样，也无论是不是纳粹，作为一名政府公务人员，向有关部门汇报店老板那天早上告诉他的那些奇怪现象，当然是其名义上的职责。也许他是不情愿这么做的，也许他辩解说已经有人听说这事了，而且店老板已经说过，没什么能阻止他不把此事告诉别人。更重要的是，店老板是通过电话跟他说的，而那里的大多数电话都是纳粹党的线路，任何人都可以接听感兴趣的通话，而且每个人都在这么做。这个消息注定要传播开来，德国人肯定会听到，那么这个公务员首当其冲地会被牵连。

总之，那个店老板刚放下电话，那个公务员就给特罗姆瑟打了电话。打电话时他究竟是什么心情只有他本人清楚，其他任何人就不得而知了。

他首先给警察局打了电话，但由于当时太早，值班警员做了记录，告诉他会在九点半汇报给上司。这个公务员又给里贝尼索的朋友打了电话，问他是否看到有陌生人，托夫特峡湾是否真有一艘小船。他的这个朋友什么都没看到，但那个店老板刚刚给他打了电话告诉他那里发生的所有情况。这个公务员觉得事情可能发展得比他预想得快，于是他给警察总局打了电话。这次得到的答复仍然是漠不关心，他们让他亲自驾船去托夫特看看情况是否真实。

他至少本人不想这么做，因此他叫来助手，让他开船去看个究竟。助手从邻居那里借了条船，但由于还没吃早餐，于是跟邻居一起喝了杯咖啡才出发。与此同时，这个公务员突然有了一个更好的想法。他再次给里贝尼索的朋友打电话，让他经由陆路去托夫特看看有什么情况。他朋友说自己年纪大了，不能在早上那个时间爬山，但这位朋友派了一个男孩去查看。午前的某个时候，在布拉索姆船员们毫无察觉的情况下，那个男孩在山顶上窥视托夫特峡湾，看到峡湾里有一个桅杆顶，他没敢再靠近便跑回家证实确有情况。

听到消息后，这个公务员又一次给警察总局打了电话。现在他可以向警察总局确认确实看到托夫特峡湾有一艘小船，同时希望他们认识到他这样不带武器赤手空拳前往调查没有意义。他以为警察会告诉盖世太保，但他们没给他任何明确的答复便挂断了电话。上午某个时候，这个公务员亲自给盖世太保打了电话。

当人们读完这个展现出德占区政府荒唐低效不协调的故事后，似乎能明显地意识到所有挪威警察都有意搪塞推诿。毫无疑问，他们希望如果能拖延一两个小时向上汇报情况，也许能帮助托夫特峡湾的陌生人——不管他们是谁——安全逃脱。但由于布拉索姆号上的人并不知道他们已经被出卖了，所以帮助他们的努力都白费了。据说当德舰在托夫特峡湾外被人们发现的时候，有两艘小船快速划进峡湾去提醒布拉索姆号。其中一条船上的人可能是那两个准备帮助隐藏货物的渔民，而另外一条船的人是谁，至今无人知晓。不管怎样，他们来得太迟了。当德舰逼近时，他们只好停下来假装正在撒网捕鱼。

特罗姆瑟的人直到德舰返回，才知道托夫特峡湾的战事。他们看到俘虏被押上岸，以及被担架抬下来的伤员。几小时内，这件事便在整个小镇传开了，数百名市民陷入担心自身安全的恐惧之中。

特罗姆瑟据称是北极圈内最大的城镇，也是周围广袤地域范围内的重要中心。尽管如此，它并不大：大约相当于英国集镇的平均大小。特罗姆瑟距其他城镇相当遥远，因此它非同一般地能够自给自足。如果说镇上的人们彼此认识那有点夸张，但人们肯定都认识镇上的知名人士。小镇主要从事捕鱼、捕鲸和极地皮毛以及一个小港口城市通常的商业。在被德国占领期间，小镇平和有度的事务都疲于应付一个德军司令部的要求，其社会也被政治信仰分歧撕裂。镇上有几个卖国贼，被其他所有人鄙视和排斥。小镇也有一种新的社交圈，其中钱几乎不起任何作用，而是由一种对德国人难以和解的厌恶情绪把人们联结起来的，这种情绪在英格兰和美国是从来没有人感受到的。

布拉索姆登陆之前，小镇居民早已自发组织起来，尽其所能地抵制德国占领带来的影响。积极主动的反抗毫无疑问一直没有得到来自英格兰的帮助。北挪威地区的德国人可能比挪威人还多，但还是可以做些事情，至少可以为结束德国的占领做些准备。八位知名市民已经联手成立了一个组织用以收集情报，同时为德国战败后管理该镇及周边地区制订计划。在过去的五年中，他们时时刻刻盼望着德军战败这一天的到来。每个圣诞节，他们坚信这一天会在春天到来；每年春天，他们则期望这一天在秋天到来。他们派信使前往瑞典联系在斯德哥尔摩的自由挪威使团，并通过斯德哥尔摩与在伦敦的政府建立了联系。他们曾运送了一台无线电发射机，安装在镇医院楼顶。

除了时不时在德国人采取那些让他们特别感兴趣的行动时通过无线电发送情报外，此类组织最重要的工作可能就是帮助处于困境中的人们。在德国占领挪威的早期，很多人在有机会抗击德国人，或是有命令要求他们抗击德国人时，他们本应该采取行动，但由于考虑到自己被捕后妻儿老小的问题，很多人选择了屈服。如果他们知道自己被捕入狱，或是被遣送至德国集中营后，他们的家人并没有忍饥挨饿，那么这会增强他们抵抗德国人的意志。位于特罗姆瑟的这个组织把这种工作运作得相当好。该组织会向镇上所有的富人和商户募捐基金。那些不幸落入德国人魔掌的人的家庭，毫无疑问会得到照顾。当他们获悉布拉索姆抓捕行动的时候，他们每周实际上会将两千英镑秘密分发给那些已经被捕，或被迫逃亡的本地人的遗孀、遗孤及其眷属。

不要以为布拉索姆小队要建立的破坏组织，与这种自发的情报收集和救济组织有什么关系。这二者在挪威一直是截然分开的，因此一旦一种组织被敌人发现，德国人一般不可能顺藤摸瓜找到另外一种组织。埃斯克兰及其行动小队掌握的特罗姆瑟那两个主要联络人，名叫托尔·克努森和卡雷·穆尔松。这两人被选作联络人并不是因为他们知识渊博，仅仅是因为知道他们爱国，而实际上他们俩正好是特罗姆瑟这个组织八位领导人中的两位。

杨从比约讷斯卡的埃纳尔口中得知，自己的几个战友还活着，而且被控制在盖世太保手里。他立即意识到要提醒克努森和穆尔松。他本人在没有身份证明的情况下，不可能进入特罗姆瑟，于是他问埃纳尔是否能为自己做这件事。埃纳尔欣然同意。但他是否真的去了，现在已无从得知。如果埃纳尔真的去了，那可能去得太晚了，因为那两个人已经被捕。

这两人的被捕，使特罗姆瑟满城风雨人人自危。两人都是镇上的名人，克努森是当地一份报纸的主编，穆尔松是海岸运输公司的业务经理。克努森正是秘密为抗德者家属提供帮助的当地组织的实际负责人。报社几个同事也因其违法行为而受株连：一位是可敬的编辑，名叫斯韦勒·拉森，还有报纸的所有人，拉森的父亲，他因观点问题早已被德国人从该报社开除。克努森和穆尔松的被捕，完全出乎人们的意料，没人相信他们二人知道布拉索姆要登陆特罗姆瑟。但最清楚不过的事实是，布拉索姆上的人早已知道这两个人的名字，而且那时他们正在被盖世太保逼问。他们还知道多少其他人的名字？克努森和穆尔松会被严刑拷打吗？那夜，特罗姆瑟小镇上所有与爱国主义有瓜葛的人都知道，同样的噩运可能近在眼前。那些与这两位被捕者关系最近的人回到家准备向妻子作别——即使假装不是诀别也没有用处，他们本人则准备迎接飞扬跋扈的德国人突然破门而入，以及随之而来的不得不默默忍受的残忍痛苦的折磨。

与此同时，那个小商店老板和那个举报的公务员则被德国人请到城里，受到殷勤的款待。不管德国人用的是严刑拷打还是威逼利诱，这两个头脑有点简单的人，全然敌不过精通盘问术的盖世太保。不管这两个人是否自愿，但他们极有可能和盘托出了知道的一切。德国人很感谢他们，称赞了他们出色的工作，而且奖给他们钱、食物、香烟和两打白兰地。可以预料，他们在镇上会深切感受到邻居们的极度愤慨。德国人给他们的礼物也许有些苦味。

出乎意料的是，第二批被抓捕的人是那两个答应帮助隐藏船货的渔民。至今无人知晓是谁把他们的名字告诉给了德国人。那个商店老板否认是他告诉德国人的。也可能是船员在严刑拷打下被迫说出来的，或者是那两个划船去托夫特峡湾的人被捕后在德国人的拷问下自己承认的。这两个人的被捕让人费解，因为他们甚至不知道货船来自英格兰。

特罗姆瑟的紧张氛围并未持续很久。在这期间，那种紧张却真真切切地让人难以承受，没有人能承受太久。第一批人被捕后的当天，自认为下一批被捕名单中必然会出现自己名字的那些人如往常一样工作，因为做任何其他事都可能会招致怀疑。在此仅举一例，比如当地的报纸被迫正常编辑出版。但让那些人表现出正常生活的样子，或是让他们的思虑和视线从位于市中心的灰色盖世太保大楼紧闭的窗户那里移开，就不太可能了。在那里，他们的名字很有可能在某个受刑者最后无法忍受折磨时被喊出来。

第三天，消息传开了，布拉索姆的人都牺牲了，克努森和穆尔松被驱逐出境。人们听到这些人牺牲的消息感到些许宽慰，这样说似乎有些冷酷无情，但人们震惊于德国人在小镇上实施的野蛮暴行，这也是事实，那些受到严刑拷打的人，只会希望自己的生命快些结束。

那些烈士受到摧残的具体细节直到战争结束，他们的遗体被挖掘出来重新以基督教仪式安葬，以及施行枪决任务的德国人被送上法庭后，才大白于天下。

参加远征的十二人中，杨得以逃脱，一人在托夫特峡湾激战中牺牲，其余十人被活捉到特罗姆瑟——有几人受伤。其中八人戴着镣铐，一起被枪杀在镇外郊区，然后被扔入一个平民墓穴草草掩埋。另外两人被折磨得奄奄一息，送入天主教医院后死亡。

枪杀的细节已经为人所知，但并不适于写出来或供人阅读。有两个人被拷打折磨是希望他们能供出有用信息，但枪杀其他八人，则完全是漫无目的的残暴行径。设立死刑的文明国家已经发展出行刑小分队和一两个空档期的惯例。这可以保护那些迫于职业要求而执行死刑的行刑者的良知。德国人在特罗姆瑟处死这些人的方法，与这一惯例完全背道而驰，而且此次枪杀是在严格保密的情况下进行的。使用这种残忍的手段，毫无疑问是出于杀一儆百、震慑民众的目的。以此方式执行死刑，可能有一个原因：为了给行刑者找乐子。德国人把这次枪杀变成了一场丑陋的狂欢。

现在还不知道，是不是那两个被严刑拷打的人供出了克努森和穆尔松。如果确实是他们供出的也不足为奇，谁也无权责怪他们。同样可能的是，克努林和穆尔松的行动早已被德国人知道，他们被捕只是由于德国人怀疑他们参与了布拉索姆事件。这两人都死于德国境内的集中营，那两个渔民安德烈亚松和克里斯蒂安森也同样死于德国集中营。

当那个商店老板煞费苦心地保证自身安全，当那个公务员履行事后他自己声称的职责时，他们的行为导致十五人失去了生命。片刻的焦虑后，他们永远抛弃了内心的平静。余下的战争时光里，他们悲惨地生活在街坊四邻的横眉冷对之中。对于他们所为，用不着从未受过德国统治的英国人来审判，他们自己的同胞严厉地审判了他们。战争结束后，那个店老板被挪威法院判处八年苦役，那个公务员则被判了十四年。

Part 6

第六章 雪崩

当埃纳尔把杨留在比约讷斯卡的厨房里，自己去叫父亲伯恩哈德·瑟伦森时，老人已经睡下了。埃纳尔在楼梯下喊他起来。老人起来问埃纳尔有什么事，他说：“爸爸，你出来一下。我有事要跟你说。”他还没拿定主意是否应该告诉母亲。

伯恩哈德那时七十二岁。他把妻子留在楼上，自己走下楼来听埃纳尔解释事情的经过。听完后，他上楼回到卧室，开始穿外套。瑟伦森太太问他去哪儿。

“我们得把船开出来，”老人说，“有人要过海峡。”

“现在？夜里这个时候过海峡？”她问道。

“是啊。”伯恩哈德答道。

“这可是个很糟糕的夜晚！”

“那就更好了。我们先到下游的格洛马河，然后借着风势过海峡。不过，你别担心。这个人必须得过去。至于原因，我们不方便说。”

一切准备停当，伯恩哈德没有再解释什么便转身下楼，留下妻子独自承担战争中女性的传统角色。她在家熬过了焦虑的一夜，忐忑地等待伯恩哈德——这个跟自己结婚五十载的丈夫回来。

但伯恩哈德本人很开心做这样的事。让这把年纪的老人，在这样一个风雪交加的夜晚载他划船渡海，杨原本很担心。要知道，穿越海峡往返要划行十英里。而伯恩哈德则笑着让杨不必担心。年轻时，他每年都要划船往返罗弗敦捕鱼，那段行程有二百英里。他并不看好新生的一代。“想当年，”他过去常常说，“那时是木船和铁人，而现在呢？是铁船和一群木人。为什么会这样？你知道吗？”他们走到水边的船屋，老人问道，“你知道吗？就在前几天，有个年轻人生病被送到医院。你知道他为什么生病吗？因为他的脚弄湿了。呵呵，”他轻声笑出声来，“因为脚弄湿了被送进医院。七十多年了，我的脚经常是湿的。放心吧，孩子。划船渡海小菜一碟。我们会骗得那群恶魔晕头转向，怎么样？”

老人的乐观情绪感染了杨。想到即将顺利到达大陆，杨自己也很高兴。战友们的消息本身并没有对他产生太大震撼。如同每个参加此类行动的人一样，他们都是怀着九死一生的信念离开英格兰的，当抱着可能战死疆场的想法时，死亡就失去了威慑的能力。而且，早在看到他们躺在托夫特沙滩上时，杨就认为他们已经死了。得知他们被活捉而且还活了三天让杨更伤心，因为出于为他们着想的考虑，无论从哪个角度看，在行动中战死会更好。

但是除了情感，这件事给杨一个小教训。希特勒曾亲自发布一个命令，任何参加此类游击活动的人，无论是否穿军装，都会被枪决。他们离开英格兰前都知道这个命令。但若此命令意在震慑，实际上可以被视为赞赏。据杨所知，这是从那条命令颁布以来第一次有军人被捕，他还将信将疑地认为军装可能会起到保护作用。他本人还穿得像个海军，但现在，从外表来看，穿着如此显眼的军装试图穿越挪威真是荒唐透顶。但想换掉衣服也是想起来容易做起来难。用自己的内衣换彼得森家的内衣十分简单，但想让一个人给他整套普通市民服装而没有任何可以交换的东西，也没有钱，那就完全不同了。但是不管怎样，认真考虑之后，他觉得穿不穿军装不会带来太大不同。德国人知道他仍然在逃，在没有市民证件的情况下，他也无法如本地市民一样通过德国人的检查。如果他一直不被德国人发现，那他的军装没什么影响，如若与德国人短兵相接，那他无论穿什么衣服，都得与德国人交火才能突破重围。如若距离适中，军装可能会带来麻烦。但另一方面，他暗自想，穿着军装毕竟暖和。

但当他们走上船来拿起桨的那一刻，这身水兵服让杨很尴尬，因为埃纳尔和伯恩哈德想当然地认为杨是水兵，而且杨觉得他应该主动去划船。以前他划过船，但仅仅是在湖上钓鳟鱼的时候。当他拿起一只沉重的桨在比约讷斯卡的深海中划动时，他用尽全力也只能击打浪尖，把坐在船尾的老人溅得浑身是水。他只得蹩脚地找借口说自己太累了。伯恩哈德接过桨，可能并没有因为看到一个水兵跟想象中的不一样而感到奇怪。

伯恩哈德把德国人称为恶魔。“恶魔”这个词是挪威语中为数不多的几个十分严重的脏话之一，但他说这个词时没有刻意强调来吸引人，似乎他无法让自己说出“德国人”这个词。“你看到那边的陆地了吗？”他对杨说，“那是芬克鲁肯，那里有七十个恶魔。他们装备了威力无比的大炮，还有探照灯。我们得跟他们保持距离。我们前面的那个地方就是舒尔斯内斯，巡逻船就停泊在那里，还有一个连的恶魔。但你没必要担心。这次他们逮不到你，孩子。我们会骗过他们。我们从他们中间划过去。”他开心地咯咯笑着，举起他那只巨大的桨。

杨十分满意把自己渡海之事交给埃纳尔和伯恩哈德。这是他连续第二个不眠夜，他一直在疲于奔命，太累了，完全没注意到狂风暴雪、浪花飞沫和从黑暗中冲出来把他们拍到右舷的波涛汹涌的大海，也没注意在海峡里不停地扫来扫去的探照灯，当强烈的灯光偶尔从他们身上扫过时，探照灯就会在眼前变为带有晕轮的刺眼的光眼。埃纳尔和父亲确信，只要雪不停地下，他们便不会被德国人发现，也不会碰到巡逻船，尽管他们正在穿过他们的巡逻区。

“像这样的夜晚海上是不会有恶魔的，”老人说，“他们连个水手都没有。”

杨并不关心这些。大陆近在眼前，而且埃纳尔把杨在这个世界上最想要的东西给了他：一双滑雪靴和一对滑雪板。一小时左右，他就会彻底告别大海和小船，进入自由的新天地。杨坚信，当自己踩着滑雪板在大雪覆盖的茫茫群山之间穿行时，他会把德军远远地甩开。他可以随心所愿，不需要依靠任何人。即使到瑞典边境也只有六十英里远：如果一切顺利，只是两天的行程。而且德国人已经找不到他的踪迹。杨暗自思忖，他需要好好睡一觉，然后他将成为自己的主人。

凌晨三点左右，伯恩哈德和埃纳尔将船停在海峡的南岸。杨充满感激地跳出船舱。那父子二人来不及等。为了利用风向尽快回家，他们不得不从更靠近芬克鲁肯的恶魔们的炮台下面划船经过。他们认为，即使被发现也可以蒙混过去，只要离家不太远就行，但最好不要遇到这种情况。因此当杨踩着滑雪板踏上岸，他们祝杨好运后，父子二人立刻推船入海，消失在黑暗中——又有两个人的名字，列入了偶然相识，却救杨一命的名单中了。

海边有一些小农场，还散落着一些彼此间隔二百码左右的房屋。这些房屋的主人在海与山之间贫瘠的狭长地带养了些绵羊和牛，同时以捕鱼勉强糊口。瑟伦森一家人认识住在那里的所有人，而且告诉杨可以安全地走进任何一栋房子。他们还特别提到一个叫洛克森的人。此人住在一个名叫斯纳拜的农场，比其他农场大一些，而且他还有一艘三十英尺长的摩托艇，可能会派上用场。

杨本来十分想从那里直接出发，这样就无须进一步与其他人接触了。他早就因那么多人被牵扯进自己的困境中而有负罪感了。此外，这一连串的短暂相逢，每次都让他异常兴奋，情感波动极大，这也让他精疲力竭。他希望每晚能睡在牲口棚里而不告诉任何人，然后早上再继续爬山。但让身体适合开始这样的旅程之前，他必须不惜一切代价地好好睡一觉，而且那晚他也只能指望在农场晨起之前睡几个小时而已。他不情愿地将滑雪板背在肩上，爬过一个陡峭的农场院子，向最近的一栋房子走去。他蹑手蹑脚地悄悄绕着房子转，直到找到房门，他试着推了一下把手，门开了。无巧不成书，这里正是斯纳拜农场。

洛克森太太后来回忆说，那是被德国人占领后她第一次忘了锁门。当然，若在平时这里不会有人锁门，因为这里一年到头也不会有一个陌生人登门造访。但是现在，透过斯纳拜农场房子的前窗，总能看到一艘德国巡逻船，因此晚上躲在紧锁的大门后面你会感觉更好一些。当洛克森太太被厨房里跌跌撞撞的脚步声惊醒时，她首先想到的是德国水兵登岸了。她推醒丈夫，低声说房子里有人。他侧耳倾听，然后不情愿地从床上爬起来去查看究竟。

洛克森是一个像北极熊一样身材壮硕的男人。他比杨高出一头，看上去似乎可以把杨提起来捏碎，而且他当时可能也想这么做。他十分多疑。杨告诉他自己的经历，然后又把前前后后所有事情都告诉了他，但每当杨讲的时候，洛克森总会产生新疑惑，提出新问题。他完全不愿相信杨讲的这些，而杨也不明白为什么他不相信。但事实是杨困得不知所云，他的解释混乱且更让人生疑，他讲话的样子让人听起来像是仓促编造的谎话。杨头脑中唯一清楚的是他绝对不能说出自己来自哪里。杨坚称有人帮他从灵瓦斯渡海过来，但他拒绝透露此人是谁，也解释不清为什么不肯说出此人的名字。对洛克森而言，杨身上的军服与别的军服可能没什么两样，杨显然是从海峡渡海上岸的，而海峡里唯一的海军是德国海军。杨看起来更像是一个德国逃兵。即便脚趾伤吻合他的解释，但每个人都听说过逃兵自残致伤的事情。

反复的质疑和解释足足持续了一个小时，直到最后杨实在不能说了才勉强结束。杨说话的速度变得越来越慢，而且越来越含糊不清。他不得不睡觉。这真是太遗憾了，杨对此人不相信他深感不满。但是他把该说的都讲完了，他太累了，再也没有力气离开这里了。如果他愿意就让他去告发吧。该做的都做了，杨已无能为力。他在厨房炉子前的地毯上躺了下来，听到洛克森说："好吧，你可以在那儿待到五点半。"话音刚落，杨便沉沉地睡了过去。

接下来的整个晚上，洛克森一直在厨房里踱来踱去，努力去厘清事情的头绪，还时不时地停下来，低头看看睡在自家地板上的那个毫无防备的神秘生物。曾经让那个商店老板感到煎熬的重重疑虑，也袭上他的心头，加之这个陌生人来自他认为有德国人的地方，这一事实加剧了他心头的恐惧和担心。但洛克森是完全不同的人，他勇气十足，也下定决心哪怕是动武，也要从杨口中探得真实情况。不会在不确定之前采取任何行动。

杨沉睡的时候，这个身材魁梧的男人有时会跪在炉前地毯上搜查杨的口袋。里面的东西没有给他任何线索，而杨对此浑然不觉。

洛克森说让杨睡到五点半，时间一到，他便把杨摇醒。这一摇把杨吓了一跳。杨潜意识里十分警惕，他一跃而起，一把掏出手枪，洛克森还没来得及动就发现枪已经对准了自己。

“冷静，冷静，”他惊恐地说，“没事，没事，一切都好。”杨环顾四周，看到厨房里没有其他人，咧嘴笑了，连忙向洛克森道歉。

“你不能一整天都躺在这里，”洛克森说，“我老婆正等着做饭呢。不过我已经决定了，你可以到阁楼上睡个够，然后我们再决定你怎么办。”

杨充满感激地按其所说上楼睡觉去了。中午时分醒来时，他感觉已经恢复了精力，可以为自己解释了。听完杨的叙述，洛克森对他的不信任很快消失得无影无踪。洛克森太太和女儿悉心伺候杨吃饭，对他关心备至。洛克森本人则变得和蔼可亲，问杨要去哪里。杨含糊地答道：“翻过山去。”洛克森主动提出，如果有需要的话，可以用摩托艇送他一程。

杨心里并不清楚自己要去哪里。那个时候，经过潜意识的分析，他决定前往瑞典。杨知道他应该把发生的一切告诉伦敦。那些人在总部正期盼着不久能收到他们小队用无线电传回的信号，他们可能正等着布拉索姆返回设得兰岛。一两周后，他们会认为布拉索姆失踪而放弃她。而且如果再接收不到信号，他们可能猜测整个团队已在海上失踪。没人会知道他还活着，除非杨告诉他们，而且迟早，可能会在秋天，他们会派出另外一支小队。英格兰无人知晓杨在挪威的情况，而他选择只身一人展开工作，这是相当愚蠢的。他要开展的任何工作，都可能会与第二个登陆小队的计划发生冲突。杨能够预见到，对他而言应该做的正事是进入瑞典，然后飞回英格兰参加第二支小队出征。

想去瑞典是一个并不困难的目标。如果他继续南行，他最终肯定能到达。但是他遇到的所有人都没有地图，甚至那种最误导人的地图都没有，因此他只能凭记忆规划路线。他现在正位于深入北部群山的大峡湾间的一个海岬的尽头。他西面是巴尔斯峡湾，东面是于尔斯峡湾，再向东是灵恩峡湾—— 三个峡湾中最大的一个，五十英里长，三英里宽。这些峡湾间的所有海岬都又高又陡，位于于尔斯峡湾和灵恩峡湾间的海岬，尤其以其壮丽的山色闻名：是一大片陡直冲出海面的山峰，犬牙差互，景色奇幻。这些海岬远离海岸，不仅荒无人烟，而且人迹罕至，只有和平时期的夏季为数不多的登山者和为驯鹿寻找牧场的拉普人偶至此地。沿着海岸零星散布着一些房屋，以及一些见缝插针而建的小路。

杨的路线选择因特罗姆瑟位于其西侧这一事实而变得简单，沿此方向越深入，德军的防守就越严密。除此之外，他不得不决定是沿着峡湾利用可以找到的路行进，还是切断遇到德军或是朋友的所有可能，一直在深山中穿行。

洛克森的建议十分明确。在峡湾岸边杨有遇到德军的危险，那很麻烦。但在一年中的那个时候独自穿越深山，显然绝对不可能，形同自寻死路，除了疯子没人会这么做。

他们围绕这个话题商量了好几次。杨认真倾听洛克森建议的所有细节，像以往一样吸取适合自己的部分而不考虑其他。最终，洛克森说当晚他会用摩托艇带着杨，往于尔斯峡湾上游走，能走多远就走多远，把他放在远处的海岸，即峡湾东侧。那里有一条路通往一个名叫舍森的分支峡湾，然后经由山中一个大裂谷穿越至灵恩峡湾，接着那条裂谷直通灵恩峡湾上游的尽头。那里有冬季和夏季两条路通到瑞典边境，实际上这条路线本身对杨来说可能并没有太大用处。因为它穿过峡湾上的几个村庄，峡湾肯定有德国守军。而在峡湾的尽头，夏季路肯定被大雪覆盖，冬季路则要穿过几个冰封的湖面，而且肯定被德国人把守和监控。但至少这是一条可以尝试的路线，而且它绕开了崇山峻岭。

杨十分不想再走海路，但洛克森提供的摩托艇能载着他轻松前行二十英里，因此他接受了这个建议。夜幕降临，杨向洛克森的太太和女儿告辞，再次来到海边。洛克森划船载着杨向摩托艇的方向划去。摩托艇系在一个浮标下面，一个邻居过来一起帮忙。艇上有渔具，洛克森和邻居的意思是把杨送上岸后，他们就可以以这些渔具给此番出海找个理由。他们启动摩托艇迅速离岸而去，再一次进入峡湾中危机四伏的水域。

杨让他们靠近岸边行驶，以便一旦突遇德舰，他可以从侧面下海游向陆地。就这样，他们在群山的暗影中悄悄地向峡湾上游开去。所幸一路平安无事，他们安全地绕过一个转角溜入于尔斯峡湾。凌晨时分，他们把杨放在舍森峡湾入口处的一座码头上。

虽然洛克森跟杨提起过，杨本人也研究过灵恩地区的地图和图片，甚至对灵恩阿尔卑斯山的美名早有耳闻，但当他在舍森峡湾登岸的那一刻，还是被眼前出现的壮美景色所震撼。夜色未退，前方东边的天空呈现出灰白色，其下便是连绵起伏的奇峻山峰。天空中淡淡的暗影是裸露的岩石，披在群山之上的皑皑白雪隐约闪现。连绵起伏的山峰层层叠叠，好似悬浮在黎明前令人窒息的空气之中，壮观而无懈可击。在群山的威严面前，德国人的凶恶似乎不值一提。

杨看到了那条路，在闪闪发亮的狭长峡湾旁边。这是他整个行程中看到的第一条路。他怀着兴高采烈的心情穿上滑雪板，转身向边境出发。滑雪板在结成硬壳的雪地上发出的轻快的“嗞嗞”声以及呼啸而过的寒风是最快乐的享受。杨明晓路上村庄里德国守军的危险，也知道其中最大的一支德国驻军在前面五英里之遥，但在那时在那种境地，因害怕德国人而退缩是荒唐可笑的。他决定继续前行，赶在日出之前或是人们起床之前穿过那个村子。

那个村子名叫灵赛德，位于舍森峡湾和灵恩峡湾之间狭窄的裂谷之中。和平时期，开往北极的班轮会定期造访此处。夏季，成群的游客会忽然蜂拥而至，据说村民们会急急忙忙地开着卡车去特罗姆瑟拉皮货和纪念品，在那里过夏天的拉普人则穿上最艳丽的服装，摆姿势供游人拍照。战争期间，这里派驻了一个超常规模的德国守备军，因为这里是主路经由渡口穿过灵恩峡湾的要塞。

杨料到关卡道路两旁会各有一个路障，中间还可能站着哨兵，但踩着滑雪板，他确信能爬到道路上方而绕过一个路障，而闯过哨兵则主要依靠他的速度和依旧没有消退的夜色。

这里距位于舍森的峡湾上游尽头很近。正如他所料，前方出现了路障，他滑至近前。一根杆子横在路上，旁边有个小木屋，里面可能住着守兵。他猛地拐出道路，冲上左边陡峭的山坡。诚如当初设想，踩着滑雪板爬坡轻而易举，但用时比最初预料的要长，因为穿过铁丝网耽误了他一些时间。同时一个滑雪板的绑带松了，他不得不停下来重新系好。当他从坡上再次下到路上时，已经越过路障二百多码远。此时已天光大亮。

杨沿路以最快的速度前行。他知道距村子不过两三英里远，他应该在十到十五分钟内穿过村子。这样做风险很大，但值得。如果停下就近藏起来，会浪费一天的时间，天黑前可以走很远一段路程的想法难以抗拒。路因为要绕过一堆石块而有一处弯道，弯道的远处，杨已经看到房子的屋顶了。他以适当的速度转过那处弯道。

前面五十码远的地方是一群德国兵，他们散乱地穿过道路，从一边到另一边挤满了路面。杨来不及调头或是停下来，也没有地方可躲，他只得继续向前滑。越来越多的德国兵从左边的一栋房子里走出来：二十个，三十个，四十个。杨犹豫了片刻，但自身的惯性使他继续向德国兵滑去，没人盘问，没人喊他停下。他们正拿着饭盒和餐具，制服都没系好扣子。杨冲到他们中间，而这些德国兵纷纷向左或向右闪开让他通过。有那么片刻，杨完全看清了他们的脸，看到他们惺忪未醒的眼，闻到早起那股肮脏的汗臭味。他就这样被放了过去，他强烈地意识到袖子上的国旗和“挪威”两个字醒目得似乎灼伤了他的胳膊。他仓皇上路，每一秒、每一码都准备着听到身后可能响起大呼小叫的喊叫声。在路的转弯处，杨从肩头向身后扫了一眼，看到那些德国兵依然在路上穿行，走进另一侧的一栋房子，没有一个人朝他这个方向看。不一会儿，他便消失在德国兵的视野中。

这条路穿过一片桦树林向山上延伸而去，杨没有丝毫犹疑便踏进了桦树林，一英里后他到达山顶。山谷展现在他眼前，前方是村庄，还有教堂的尖顶，再远处是灵恩峡湾宽阔的海面，那条路则蜿蜒曲折地向山下伸展，最后消失在村舍之中。他再次用滑雪杆撑地，开始在路上的铁丝网间弯曲绕行。杨知道会在山脚下的村子中间遇到一个三岔路口，左手边的路向着大海的方向下了灵恩峡湾后一小段就到了尽头，是右手边的路通向峡湾上游尽头进而通向边境。他滑过了第一栋房子，速度十分快。教堂在路的右侧，靠近水边，后面有一个木制的码头，位于教堂后院围栏的下面，也是在这个地方，有一群人正站在路的两旁。

过了一会儿，杨才完全明白自己看到了什么。这些人中有两三个士兵，另外一个是站着面向其他人的村民。这些人的后面又出现了一根横挡在路中间的栏杆，其中一个士兵手里正在翻阅一些文件。

本来他们有五秒多的时间可以把杨拦停在路障前的人群中，但在右侧有一个门通向一个花园里的车库，而且门正好开着。杨停下来调转方向，迅速穿过那道门，绕过车库，冲上陡峭的花园，然后向花园后面的桦树林滑去。十字路口传来叫喊声，当他在车库远处再次出现在人们视野中时，两三支步枪开火了，但他已经到了树丛近前，准备开始爬山了。

在托夫特峡湾被德国兵追捕时，杨十分害怕，但现在被敌兵追赶他倒有些得意扬扬。带着一个挪威人特有的对自己滑雪技巧的自豪感，杨知道他们抓不到他。他越攀越高，得意于自己能滑雪而且掌控了德国兵，同时听见脚下山谷中徒劳的叫喊声越来越远。他回头望去，只见一些德国兵正远远地在后面沿着他的踪迹向上爬。杨穿过林木线继续向上，来到上面一处开阔的雪地。

到了那里，杨见到了阳光。太阳悬在灵恩峡湾远处的山峦之上。脚下的流水奔跑着溅起白色的水花，缥缈的晨雾中，整个峡湾的上部映入眼帘。东面和前面可以看到奇特的平顶山，那正是大高原的外露层，而边境线则横穿高原。远处的峡湾尽头，十五英里远的地方，便是被称为希博腾的大峡谷，其上便是边境公路的起点。看到未来之路在自己眼前延伸，更增添了杨已有的那种摆脱峡谷和海岸之后的喜悦之情：他甚至为使他被迫走危险山路的那次事故感到高兴。看到脚下奇美的峡湾展现在眼前，又使他想起了地图。地图上有一条虚线，他现在记起来了，与道路和海岸平行，它标注的是沿山正面而行的夏季路。尽管这张地图跟灵瓦斯那张一样，那条路可能是道听途说且未经测量，但是如果夏天可以走的话，那么现在应该可以在雪地上滑雪而行。至少，路上不太可能有绝对无法通行的悬崖峭壁，而且只要峡湾保持在视野之中他就不会迷路。

杨爬到三千英尺高后停了下来，一边休息，一边环顾四周。德国人已经放弃了追捕，或是被落得太远，杨根本看不到也听不到他们的动静。站在那个位置看到的万事万物都是那么美丽、平静而安宁。他站的那个高度几乎与远处的高原齐平，可以看到峡湾远处绵延不绝未被打扰的平坦雪原熠熠生辉。但他这边，就在他上方，山峰要高出很多。杨正位于一个拉普名字叫作戈莱斯瓦瑞的光滑的圆锥形小山的山腰处，山顶还在他上面一千五百英尺，而这座山的后面，灵恩阿尔卑斯山的主脉陡直升起为超过六千英尺高的纵横交错的山峰和冰川。

真到坐下来休息的时候，杨才有闲暇回想他与那群德国兵不可思议的荒唐偶遇。首先让人难以置信的，是他们没有注意他而且让他通过，但当他仔细考虑时，杨觉得这是所有地方所有军队的典型表现。这就像在里贝尼索的搜捕：人们预料德国军队比其他军队更高效，但事实并非如此，或者说，至少不总是那样。他能想到一群英国兵、挪威兵或美国兵在那种情况下的情形：被派驻在一个与世隔绝的地方做那样沉闷乏味的工作，除了把守从来没出过事的一条路和一座码头外无所事事。有一班人在路障值班，而其他人，退一步说，至少不会十分警觉，而且起床号刚刚响过，他们除了想着早餐外不会想其他事。如果有人穿着稀奇古怪的制服沿路走过来，守卫一定会让他通过，其他人会说那是守卫应该操心的事，而且确实也是这样。军官们会知道这件事，无论如何都会知道，无论军官是谁，都不会有人愚蠢地多管闲事问这事。至于那身制服，杨认识到，对于那些身处异国的德国兵而言并无可疑之处。可能他们谁也不知道“挪威”这两个字的英文怎么写，你也别期望有多少英国兵认识德语的“挪威”。至多他们会认为那人是一个值班的邮差或是卫生检查员，怎么也不可能想到在遥远的内陆地区会遇到一个穿着滑雪板的敌方士兵。他们迟早会跟某个军士提及此事，这个军士下次遇到那个站岗的下士时可能会开他的玩笑，可能到了晚上，此事传到了排长耳朵里，他当然不想向上级汇报这样的事，他会花很长时间质问手下的士兵来向他证明这确实不是什么重要的事。

不过，在灵赛德路障那里遇到德国守军当然不是件好事。他们肯定知道杨是非法人员，因为他逃了，而且他们明确知道他逃去哪里。这样的事肯定会上报，至少会上报到营总部。杨不确定他们是否看到了他的制服，也不肯定总部会不会据此推断，他们在灵赛德看到的那个人是从托夫特峡湾逃跑的那个——这取决于那个地区有多少由于各种原因而在逃的人员。最糟糕的情况是他们会再次跟踪追捕，如果他们认为值得这样做，他们会在杨必经的村庄额外安排更多的巡逻兵。杨想知道，他们到底多么急切地想抓到他。

无论如何，最如意的依旧是速度：杨能以比德军想象的更快的速度前行。而且现在他有保持这种速度的方法，那些不太了解滑雪的人，几乎难以相信专业滑雪者踩着滑雪板一天能行进的距离。德国人不会知道这些，除非他们是巴伐利亚人。而且即便是那些在阿尔卑斯山地区滑雪的人，通常也只是想下山时滑雪，而上山则通过升降机或是铁路。越野滑雪比赛——包括上山和下山，主要是挪威人的运动。一个在度假中或是旅行中的挪威滑雪者，一天滑行五十英里不在话下。

于是杨满怀信心地出发了，甚至还有些许愉悦，期待着即将到来的行程。他设想自己一直保持在三千英尺的高度，顺着峡湾的海岸线，一直让水面保持在视野之内。然而肯定没有哪个山坡甚至峡湾的侧面会如此规则简单。杨沿着戈莱斯瓦瑞的斜坡仅前进了几英里，便发现一个深深插入山峰中的侧谷横亘在他面前。随着杨不断接近，山谷的上游逐渐展现在他眼前，他看到山谷中一处冰川的光滑雪面，甚至这处冰川已延伸至他的脚下。他并未直接穿过冰川，而是径直下到冰川下面的谷床，再从另一侧爬上去。

山谷远处是另一种险峻。峡湾侧面变得愈加陡峭，最终如刀切斧劈。杨要跨过这座悬崖峭壁可能得爬到山顶。但是山极高，而且其右侧，也就是朝向内陆那一侧，有一个山坳，看上去好像更可能是夏季路沿循的路线，看来又通回到远处五英里左右的峡湾。于是杨向山坳出发，很快他便看不到峡湾了。

当时可能是上午十一点左右，杨自离开舍森的摩托艇到现在已经行进了大约二十英里的样子。行程十分顺利，看起来顺风顺水。但是就在他快到山坳时，天气再次骤变。

暴风雪从杨右侧的高山之巅倾轧过来，先是像旗帜一样的缕缕白云出现在最高峰，接着狂风呼啸而至，天空开始变暗。太阳躲了起来，雪地不再闪亮清晰，开始变成单调的灰色，空气瞬间变得寒冷刺骨。大雪随之飘落，开始还十分轻柔，但随着风越刮越大，云越聚越多，雪也越下越大。正如杨在灵瓦斯岛所见的天气变化一样，暴风雪突然从天而降，将他裹挟在一个旋转的无法刺穿的白色雪墙之中。

暴风雪前几天也出现过，让他没有理由害怕，因为前几天杨见到的突然而至的暴风雪持续时间很短，如其突然而至一样会突然[illegible]这种天气很烦人，穿着滑雪板更让杨气恼。若穿着橡胶靴，[illegible]天气对他的行进速度不会产生太大影响。他曾在暴风雪中[illegible]而现在他无法发挥其特有的速度优势。他几乎看不到面[illegible]地方，任何一个小斜坡都可能导致突然坠落，他不[illegible]随时能停下来，而遇到下坡时他原本可以全速冲下[illegible]停下来谨慎地轻手轻脚地下行。这样不仅速度慢[illegible]加疲倦。

[illegible]，他仍然坚持前行，希望并期待着能看到云层中出现亮[illegible]预示着暴风雪即将过去，然后随着雪云向峡湾方向席卷而去[illegible]分钟后就会出现太阳。

然而并没有出现暴风雪即将过去的迹象。相反，风越刮越紧。天气越来越差，杨以前从未经历过这种坏天气，而且随着时间的推移，他自己不得不承认这不仅仅是一场暴风雪。寄希望于它结束是没有用了。他应该按这种天气会持续数天的样子来采取行动。这意味着杨必须找到一个躲避风雪之处，而且为了找到这么个地方，他必须再次下到峡湾。

然而还没等到杨不情愿地做出这个决策，暴风雪新的一副面孔便开始出现了。雪地的表层雪开始移动，先是螺旋状或旋涡状，随之便成片成片地扑面而来，迫使杨闭上眼睛，用手捂住嘴巴，以防被风吹起的雪粉灌进喉咙和肺里。杨站立的雪面开始移动，目之所及已无稳定不动之物。当他站下来时，大雪随即灌入他刚刚留下的脚印，杨这时只有凭借风才知道自己在向哪个方向走。他面前的每个小斜坡都成为新困难。他从底部看到的每个斜坡都消失在头上几英尺高的移动雪雾之中，每个都可能是一座大山的山脚或仅仅是一个小山包。从一个斜坡顶部杨判断不出这是个五英尺高的坡还是一个万丈深渊。他只知道附近的一些地表突然猛降入陡峭的裂缝，进而直入下面三千英尺深的峡湾海面，而有的地方则陡然升起数千英尺高，成为晨曦微光中直插云霄的危岩。

杨根据风向为自己导航，始终让风吹在自己的右侧。他右半边身体完全被冰覆盖，头发和一周未刮的胡须都是冰，而且右手开始麻木。他从暴风雪袭来时，便一直沿着当时正在前进的方向走，因为他相信风会把他引到低处。但过了几个小时后，他开始怀疑风向。有时他本来明明已经直行了五十多码，而曾在他右侧的风却从他前面直吹下来。风似乎是从更高的山上席卷下来的，或许是沿着他看不见的峡谷吹过来的。杨站定测试风向，但即便他静静地站着，风还是在不断地改变方向。杨再也无法靠风向来导航，他迷路了。

在那天，杨有时会停下来挖出雪窝躲进去等着暴风雪减弱，因为他不相信能找到走出大山的路。但每当他蜷缩在扒出的小雪窝中，刺骨的寒冷便猛烈袭来，使他意识到在这里休息会被冻死。他以前经常读到这样的故事，说如果在暴风雪中躺下睡觉，那就再也不会起来了。现在他意识到这是真的：不需要太长时间。他爬起来，穿好滑雪板，继续奋力前行，不再关心自己正朝哪个方向，只顾埋头走，因为他不敢停下来。接近傍晚时分，杨漫无目的的行进变得徒劳，他完全失去了时空感。

现在无从知晓是当天还是第二天，杨首次意识到他正面临着一座山的连续下坡。他正在下山，在此之前他设计出一个可能已经多次救了他命的下坡方法。当他到达一处看不清的空洞时，他就做个雪球并把它捏硬，然后向前扔出去。有时，风声之外他能听到雪球下落的声音，这时他就跟着向下走；但更经常的是雪球没有任何声响地消失了，这时他就改变方向再试另一条路。现在，杨一边小心翼翼地缓缓下坡，一边扔雪球，这时他看到左右两边都出现了岩墙。这是一条水道。他知道，这条水道有可能甚至极可能通向一个冰冻瀑布的顶部，而且他在看不到瀑布的情况下，有可能正冒着极大的风险直接踩在瀑布的冰面上。但至少这是可以让他沿着走的东西，而且这条水道最终一定能通向大海。杨怀着万分小心轻手轻脚地踩在上面，每一步都试探一下下面是不是冰面。他看到了一些低矮的灌木，知道自己正在向低处走。就在这时，在他正下方，雪地里隐约有一块黑色的东西。他高兴地向那里跑完最后几码，因为他认为那是间房子。可惜并不是房子，只是一块巨大的孤零零的石头。但石头下面有个窟窿，像个洞穴，杨挤了进去，因为不够高，只得躺下来。在这个可以躲避风雪的地方，杨刚刚躺下便睡着了。

那块岩石是杨在那次行程中遇到的第一个可识别的地点。它位于一个名叫灵达伦的狭窄山谷之中，距离有路障的灵赛德的直线距离只有十英里：但无人知晓杨在到达那里之前走到了哪里，又走了多远。

杨在那块岩石那里犯了一个险些致命的错误。山谷正好在那里有一个急弯。靠近那个急弯处，沿北侧下行，山谷向两个方向继续延伸，一个在不远处拐向左，另一个同样在不远处拐向右。下游是在左侧方向，山谷沿那个方向没有任何危险，径直通向下面五英里远的灵恩峡湾。向右，山谷则缓缓爬升至北挪威最高峰的山脚，此山名为耶克瓦瑞峰，有六千二百英尺高。在晴朗的天气，选哪条路显而易见。事实上，耶克瓦瑞峰高出上游山谷，并以一个三千英尺高、三英里长的峭壁将上游山谷堵死。但在暴风雪的天气，山峰和峡谷谷壁都看不到，故而此地成为一个陷阱，一块巨大的冰碛石在那里几乎将山谷堵住。夏季河经由一处峡谷流过那块岩石，但在冬季峡谷则填满了雪，山谷底部最近的突出地块倾向右侧，通向上游方向。当杨醒过来从那块冰碛石下面的裂缝中爬出来时，暴风雪仍在肆虐。他除了能看到谷底那个明显的突出地块外什么也看不见。他再次穿上滑雪板出发下山，向着右侧行进，远离了灵恩峡湾以及所有可能的帮助和安全，进入北挪威最高山峰的中心地区。

杨那时开始感受到暴露在暴风雪之中的痛苦，而且人们无法推断他被暴风雪围困了多久，也不清楚那时是白天还是夜晚。当一个人因长时间以极限体力运动而不支时，特别是当身体机能因寒冷而变得迟钝时，大脑首先会失去对时间敏锐的感知力。极其不相关的事情开始混在一起，当下和刚刚的过去全然无法区分，但都是当下充满肉体痛苦的无法言明的一部分。在一个强者心中，尽管过去与当下混乱不堪，但对未来的希望仍然存在。而当未来也渐失明朗，希望之花开始凋谢，死亡便不会太远了。

杨那时的思维肯定既迟钝又混乱，但他对未来尚无一丝疑惑，而且他仍然足够清醒地想着利用登山技巧的常识。由于杨知道自己看到的是个巨大的河谷，因此他没料到沿着这条河谷到达大海会遇到麻烦。所以当他发现面前的地面再次隆起时，他既吃惊又困惑。他已经到达他原本认为的冰冻湖，尽管事实上那只是谷底的一块平地，然后他沿着看起来像湖岸的“岸边”走，谷壁在他右侧的上方。杨预计会在尽头看到“冰冻湖”的流出口，但他走到尽头看到上方还是一个陡峭的山坡，而且看不到坡顶。他向右沿“湖”走，直到又回到出发时的那块冰碛石。在那里，他第二次错过了被大雪填满的峡谷。杨尽力寻找出口，但他找不到。他似乎处于一个碗底，当他绕着走时，“湖”一直在他左侧，而无法突破的雪坡则一直在他右侧。他除了放弃下山的希望外没有任何办法。杨只得再次开始攀爬。

杨那时的方向选择如果不是偶然的话，就很可能是受光的影响。在乌云密布大雪纷飞的时候，人们有时会觉得近在咫尺的上方陡峭岩面更加黑暗。灵达伦山谷的两侧可能被映衬得格外暗，狭窄山谷下游的急弯可能也是如此。而上游的耶克瓦瑞峰矗立在更远的后方，那个方向光线被遮蔽得少一些。杨可能据此判断认为那是南方，或者是山谷的低洼地区。不管怎样，他开始向那个方向攀爬。他向对角方向斜着爬，一路期盼着看到坡度减缓以及山谷向远处延伸的迹象。很快杨便看不到谷底了，但尽管他一直向上爬啊爬，却看不到顶。他趴在一个以其有限视野来看永无尽头的雪坡之上。其左侧消失在无底深渊之中，其右侧的雪坡则直插云端。他的前面和后面也是如此：滑雪板留下的印迹几秒钟便消失得无影无踪。这是一个暴风雪的世界，肆虐的狂风几乎要撕碎整个世界，人根本站不稳，而杨始终处在暴风雪的中心，最远处的边界看不清楚，也难以确定。

突然之间，雪坡从一端到另一端以闪电般的速度裂开了，杨脚下的雪瞬间坍塌。他侧向跌落下去，他想抓住雪的表面，但一切都在滑动，雪砸落在他身上，裹挟着他一直翻滚下去。他感到自己在不断下落，越来越快，他努力地拨开呼啸而下要活埋他的大雪。落下的雪不断地扭拧着、重击着杨无助的身体，不断的猛击使他窒息，最后他昏了过去。他软弱无力地躺在雪崩中心，最终被扔到下面的谷底。他静静地躺在那里，直到雷鸣般的声音慢慢消退，一切归于沉寂。

Part 7

第七章 雪盲

第二年夏天，有人经过那条路，看到杨的滑雪板碎片七零八落地埋在正在融化的大雪堆中，那是雪崩留下的唯一的东西。这些雪堆在耶克瓦瑞峰东侧下面不知名冰川的冰瀑底部。人们可以猜到杨当时做了什么。他开始最后一次攀爬谷壁，却在毫不知情的情况下横跨到冰瀑上面。如果人们能看得远一点，会发现冰上的雪和岩石上的雪是不同的。但如果一个人只能看到一两码远的距离，他不知道下面是何物。陡峭冰面上的雪在一年中的那个时间十分不稳定，一两周内随时可能崩塌下来，而杨的重量和滑雪板的刺入足以引发雪崩。雪崩的断裂处从冰瀑顶一直延伸到底部。杨本人肯定至少跌落了三百英尺。

发生雪崩极有可能致命，但此次雪崩并未使杨丧命。幸运之神奇迹般地再次眷顾了杨。当然无人知晓他躺在那里昏迷了多久，但当他醒来时，他的头露在雪外面，这使他能呼吸，而大部分身体则被埋在雪中，这可能也使他免于被冻死，而且他没有一根骨头骨折。杨完全没想到自己还活着，因此摔下来导致的其他后果都不能算是不幸。他的一只滑雪板丢了，另外一只有两处断裂。装着全部食物的小帆布背包不知所终。头被撞得记不起自己要去哪里。他努力爬出雪堆站起来，解下断开的那块滑雪板扔在那里，开始徒步漫无方向地走，杨彻底迷了路，没有计划，亦不知自己要去哪里。实际上，他完全没有连贯的思维了，因为他得了脑震荡。

雪崩后，杨没有了时间感，而且对发生的一切没有任何意识。他一直没有停下脚步，但随着身体慢慢僵硬以及手脚的血管开始结冰并一点一点地渐渐向腿和胳膊蔓延，他的意识逐渐被越来越多的梦境和幻觉占据。但杨经历此番磨难的时间人们是知道的：从穿过灵赛德开始，他在群山中漫无目的地游荡了四天四夜。暴风雪持续了近三天，之后雪停了，乌云散去，群山清晰可见。但杨对这些变化全然不知，因为耀眼的雪光那时已经刺伤他的视网膜，他失明了。

人们只能想象杨在什么都看不见的情况下，在黑夜和白天，在暴风雪的迷雾中以及在随后出现的晴空万里下，磕磕绊绊地四处乱撞。他一直没有停下来，因为他念念不忘那种观点：如果躺下，就会睡过去死了。实际上，他一直是在齐膝深或是齐腰深的大雪中行进，到最后他经常整个人面朝下栽倒在雪地里，与其说他是在走，不如说是在爬。

杨的移动完全没有目的性，因为人们在第二年春天发现到处都是他的足迹。绝大部分时间杨可能一直在灵达伦的山谷中，但至少他有一次曾爬上山谷一侧一千英尺高处，然后又再次回到相同的地点。他是被最小的障碍误导而偏离了方向，山谷中有许多突出雪地的巨石，每次他正面碰到这些石头就调转方向走开，而不是绕过石头保持同一方向前行，而且总是以一定的角度调头走开，走一条完全不同的路线。那里也有桦树丛，在山谷底部，他在其中漫无方向地乱走了数日，反反复复跨过自己的足迹，而且他本人多次撞到灌木上，划破了脸、手和衣服。他曾一度围绕着一个小树丛走了很长时间，以至于在雪地里踩出了很深很硬的一条路，夏天的时候还能看到：人们只能设想他当时认为自己正在沿着别人的脚印走。

但杨本人对此几乎全然不知。因为他当时双目失明，他认为雪还一直在下着，四周仍是一片模糊，而且他也无法估算过去的白天和黑夜。他唯一感知到的现实是他的腿、胳膊和眼睛的疼痛以及寒冷和饥饿，还有面前必须穿过的无穷无尽的让人窒息的雪墙。

在他到达的一座山上，他看到有数百人赤裸着被冻僵的双脚在行军，他们十分害怕脚会断掉，因为他们的脚被冻得极其易碎。

杨意识到这是一个梦，他把自己拧醒，因为他怕自己睡过去，但当波·布林德黑姆开始跟他说话时却比现实还真实。因为他看不到波在哪里，所以杨只能高兴地转过身来向着黑暗叫道："波，波。"但是波没有应答，他继续跟埃斯克兰聊天。他们在某个地方一起交谈着，而且还有很多人跟他们在一起，但他们不听杨讲话。杨大喊道："波！埃斯克兰！"然后开始紧追他们，担心他们会在黑夜中把他丢了。终于靠近他们了，杨十分欣慰又跟他们所有人在一起了。但这些人只在他们之间交谈，像平时聊天一样开心，却一直不跟杨说话。杨一次次告诉这些人他看不到他们，但他无法让他们听到他的声音。他们不知道杨在那里。杨又意识到他们都牺牲了。但他们在消失之前一直在一起交谈，而杨是那个无法让其他人闻其声的人。他开始相信这梦是现实，他开始相信自己也是死人一个。死亡的故事又回到他的脑海，似乎他已经死了。

但同样是在这种如现实般的思绪中，杨意识到这是幻觉，而且他依然坚信自己不能死，为此他必须要继续走，不停地走，直到出现转机：某种转机。他记不得当时他希望出现的转机是什么。

正穿越树林时，杨碰到雪地中的一个天窗，他竭力去拉窗上的铁环想打开。但他感觉自己太虚弱了，那扇窗对他而言太重了。真是天大的憾事，因为里面是温暖的炉火，而他不得不放弃。但每当他转身要离开的时候，就会有人从树林中溜出来打开窗钻进去，然后在杨拦住他之前又把窗关上。这太不公平了，他们把杨关在寒冷黑暗的雪地中，而他们自己却享受着屋里面的光明和快乐。这些人总是等杨转身离开时才开窗进去，他们的速度对杨而言太快了。他们一定在监视着他，然后等机会进到温暖的房子里。

当杨看到带窗的山峰时出现了同样的情形，只是那时他再也没看到那些人进到里面，但是他们都十分轻松地爬到山顶的门口。没有人帮助他，他一次次努力向上爬，但总是一次次滑到山脚，他成为唯一没有爬到山顶的人。但这也许不是任何人的错，或许可以解释为他们没有看到他。如果杨是死人，他们这样做是合乎常理的。但是他大叫着："我还活着，我还孤单地站在这儿的大雪里！这不对！"突然间，窗户消失了，山峰变成一个小雪堆，而杨正在雪堆的侧面虚弱地挣扎。

当杨来到一座原木小屋时，再次出现了相同的情形。愚蠢的是，他没有看清要去哪里。跌跌撞撞进门时他再次被刮伤。当杨伸出双手感触到坚硬的原木时，他立即意识到这是什么，尽管他们从来没有告诉他，他开始沿着墙摸索着向前走，绕过拐角，希望看到门之前不被他们看到。通向屋门的路似乎十分漫长，但他找到了，而且摸到了门闩。但就在那一刻门开了，他一头栽了进去。

Part 8

第八章　马里厄斯

汉娜·彼德森正在和两个儿子奥塔尔和约翰一起吃晚餐，突然门被猛地撞开，一个可怕的东西蹒跚着进了屋子，盲目地摸索着走向饭桌。他们吓得跳了起来，赶紧向后退。她差一点惊叫起来，但考虑到两个孩子，她用手捂住嘴克制住了。她小声勉强挤出几个字："奥塔尔，去叫你舅舅来。"稍大一点的男孩立即溜出了房间。

"你想干什么？"她问，"你是谁？"但杨的回答语无伦次，随即一头栽倒在地上。她壮着胆子蹑手蹑脚地靠近杨，近距离仔细打量看是不是熟人。

当时确实很难判断，因为杨那样静静躺在地板上，就像从雪里扒出的僵尸。杨被冰、冻结的污物和已经干了的血迹结结实实地冻在一起。他的头发、胡须冻得硬邦邦的，脸和手开始肿胀变色。他的双脚冻成了冰雪混杂的硬硬的大球。他双眼紧闭，雪盲带来的疼痛使他眉头紧蹙。他躺在那里再次试图说话，但是汉娜全然听不懂他讲的是什么。由于害怕，她拉起小儿子的手冲向门口去接哥哥。

汉娜·彼德森的哥哥叫马里厄斯·格伦沃尔德。他住在隔壁，听男孩讲完让人惊恐不安的情况后，立即跑过来查看究竟。他推开妹妹，只看了一眼杨便立刻意识到，如果他们想要挽救此人的生命，那么不管来人是谁，他们都必须得迅速采取措施。马里厄斯还有两个妹妹居德伦和英厄堡也住在附近，他让两个孩子去叫她们过来。她们都急匆匆赶来，开始跟哥哥姐姐一起抢救杨的生命。她们把炉火生旺，用汤匙小心地喂他热牛奶，脱掉他身上烂掉的衣服，用毛毯裹住他，然后搬到床上。马里厄斯拿来一把锋利的刀子，小心地把杨的靴子一片片地从他脚上割下来。杨的袜子也不得不被割成一条一条地取下来，露出被严重冻伤的可怕的脚和腿，脚趾被紧紧地冻在一起形成硬邦邦的冰块。在场的人都知道冻伤的急救措施：用雪擦冻处。三姐妹当场立即行动起来挽救杨的脚，她们用手托起冰冷的肢体，揉捏被冻得很脆的皮肉。杨根本感觉不到她们的揉捏，因为他的腿全然没有知觉。他似乎正坠入沉睡或是昏迷状态之中。

当外套上的冰开始融化，让马里厄斯惊奇的是，他认出这是某种军服，他还看到杨带着手枪。这说明杨要么是一个德国人，要么是某个挪威纳粹分子，要么是积极抗德分子，而若是最后一种，那意味着他出现在这间屋里就像一包炸药。不管杨是活下来还是会死，马里厄斯必须得知道他到底是什么人：他为了挽救此人的性命，要做什么以及若其死了如何处理尸体，都有赖于这个问题的答案。马里厄斯问杨从哪儿来，当他低下头仔细倾听杨费力的回答时，他听到了奥弗高这个名字，这是峡湾上游的一个地方。他知道这是谎话，因为他看到杨的足迹是从相反方向来的。此人试图说谎这个事实让马里厄斯安心了，因为如果他是纳粹，那么他的势力便强大得没必要这么做。

马里厄斯听说过托夫特峡湾的事，但他一直怀疑此事的真实性。他让女人们出去。当她们出去并关好了门，马里厄斯对杨说："听我说，如果你是好人，那你已经跟好人在一起了。现在，赶紧道出实情吧。"于是杨开始告诉马里厄斯他的经历，语气虚弱如游丝。马里厄斯听完杨的讲述，立即下定了决心。"不用担心，"他对杨说，"我们会照顾你，安心睡吧！"杨问他姓名，马里厄斯说他叫汉斯·延森，这跟说自己叫约翰·琼斯一样。杨问马里厄斯现在他身处何处，这次马里厄斯如实告诉了他：在福鲁弗拉藤的一个小村子，这是灵达伦峡谷与灵恩峡湾的相接处。雪崩发生后的三天里，杨漫无方向地走了那么久才行进了七英里。马里厄斯还告诉杨，现在是 4 月 8 日的傍晚。

当马里厄斯确信自己获悉了真相后，他把妹妹们又招呼进来，把真相小声地告诉了她们。她们又开始忙碌起来。杨的经历使她们以不同于先前的同情注视着他，但也为她们自己和孩子们感到一种绝望的焦虑。不管怎样，绝对不能让任何人知道此事，马里厄斯说。她们听到马里厄斯也向孩子们重复了相同的话，反反复复地说了好几遍。

马里厄斯确信孩子们理解了他的意思后又回到床前，低头注视着枕头上那张白得可怕的脸。他绞尽脑汁思考接下来怎么办，也开始明白暴风雪出现以来发生的一些怪事。德国人突然对福鲁弗拉藤挨家挨户地进行搜查，他们把他的房子和妹妹们的房子搜得底朝天。德国人说他们在搜查收音机，但那时每个人都觉得德国人绝不仅仅是为了找收音机，因为以前为了寻找收音机这个地方早就被掘地三尺地彻底搜查过了。而且最近几天，峡湾里第一次出现了德国人的巡逻摩托艇，这与搜查收音机的解释完全不符。现在，马里厄斯终于明白德国人在找什么了。德国人所有行动的目标正在他的庇护下躺在妹妹孩子的床上。

杨的运气还是不错的，幸运之神把他带到那扇门前。马里厄斯·格伦沃尔德是一个相当不一般的男人。那年他三十出头，还是单身，矮壮结实，有一张农民的脸，却有一个极其警觉和储备丰富的大脑。他那时候的职业是这种反差的典型代表：他经营一家小农场，同时给特罗姆瑟的报纸写稿。他的爱好是政治和挪威文学。他精通挪威经典，可以数小时连续背诵挪威经典诗歌和散文，他也经常以此自娱或是给那些喜欢听的人找乐。而且他早已成为当地解放组织的领导成员，也正逐渐成为附近地区的名人：也就是人们常说的那种从出生就注定会成为市长或是县议会主席的那种人。有了这些政治经验及其对挪威历史和文学的热爱，不用说，他也是灵恩峡湾本地抵抗组织的一员，该组织是特罗姆瑟抵抗组织的分支机构。

说到像灵恩峡湾这类地方的抵抗运动可能会有点误导人。那里的确有这样的组织，但几乎没什么工作可以开展。挪威被侵占时根本没时间在那么偏远的北方号召或是培训人们。战争在他们还没来得及赶去参加时就打响了，而且失败了。从那以后，他们就与德国势力范围外的世界完全断绝了联系。他们的收音机被没收了，他们读的报纸受到德国人的审查。他们听到的来自英格兰的所有战况都是零零碎碎的偶然间口耳相传的秘密消息，而这些消息则来自于那些私藏收音机或是读了非法报纸复印件的人。然而像马里厄斯这样的人跟大家一样对祖国被奴役深感愤慨：他本人或许因为没能为阻止德国人入侵做任何工作而更加愤愤不平。他们良心上深深自责的是，在急需兵源时他们没能成为保家卫国的战士，而这种英勇抗敌的行动仍在如火如荼地进行时，他们却没找到途径来检验他们的勇敢。他们的组织事实上是一种爱国俱乐部，其成员均无任何军事知识，但至少他们之间能自由交流，这样能保持大家有坚定的信念，鼓励彼此不至于逐渐相信德国人会赢得战争，德国的占领会永远继续下去，而且在需要的时候他们可以在物质层面互相帮助。

以上就是马里厄斯治疗杨的脚，给他喂饭和让他逐渐暖和过来的过程中想到的。杨给马里厄斯带来的麻烦，不仅是躲藏一晚和吃一点饭这么简单。也许那时杨还想——如果他确实想过的话——好好睡一晚后起来继续赶路。但见过他的人都会告诉他数周内他可能是个废人，走路是最不可能的事。马里厄斯反复权衡思量，找不到解决眼前这个问题的办法，除了束手就擒。福鲁弗拉藤是一个有数百居民的人口密集的小社区，位于主路上，德国卡车护卫队日夜穿梭经过，还有一个排的德国军队驻扎在村里的学校。他从妹妹房间的窗户望出去，能看到路上的德国哨兵。他想不出来怎样才能使杨的出现不被人发现。即使给杨买点额外的食品，都几乎不可能。至于如何护理杨到恢复健康后重新出发继续其行程，他就更没有头绪了。但他心中从来没有出现一丝犹疑要去努力试一下：因为这是他面临的挑战，至少这是他，也只有他，才有可能去做的工作。如果他在战争中从未做过其他任何有益的事，至少他可以回忆这件事，而且他想满怀欣慰而不是羞愧地回忆这件事。他感谢上帝给他这个机会来证明自己的勇气。

杨有些焦虑不安。他一直在打盹，然后就睡了过去——睡眠是他急需的。但每次刚放松下来，他又会焦虑地惊醒。这是他精神状态不佳的症状。由于眼睛看不见，杨觉得自己毫无防御能力。他害怕被出卖。但如若他神志清醒，能看到马里厄斯真诚焦虑的神情，他肯定没有任何疑虑地信赖他。

实际上，马里厄斯带着一种类似慈爱的感情注视着杨：就是面对一个无助地向你寻求保护的小生灵的那种感情。他已暗自承诺要保护杨，用他能想出来的最能宽慰人的话语来安慰杨，可苦恼的是他没能抚平杨心中的恐惧。马里厄斯需要找到安抚杨的办法，并且让杨信任自己的友善。他一时冲动，趁女人们不在时，拉住杨的手坚定而清晰地说：“只要我活着，我就保证你也能活着。如果他们要杀害你，我会舍命去保护你。”杨没有回应如此郑重的承诺，但马里厄斯此番言语之情真意切发挥了作用。杨放松下来，沉沉地睡去。

杨睡得太沉了，即使按摩他的手和腿都没能弄醒他。他的腿最严重。马里厄斯和三个妹妹用了整个晚上和第二天一天的时间轮流按摩杨的腿，试图帮助它们恢复血液循环。很快，他们找到了一种测试杨的腿冻伤到什么位置的简单方法。他们用针刺杨的腿，从脚踝处开始，逐渐向上。他们开始用针刺时发现，杨膝盖以下都没有反应。膝盖以上部位用针刺时会抽搐，即便是这样用针刺杨也没醒。但是随着马里厄斯他们继续按摩，一小时，又一小时……杨的两条腿一英寸一英寸地逐渐恢复，对针刺产生反应的区域逐渐向下扩大。杨从走进马里厄斯家门起的第一夜和第二天一直没醒。当他醒来时，脚居然也活过来了，只是原来冻麻的地方会出现一阵阵的剧痛。汉娜·彼德森给他喂了一点吃食后，杨又倒头睡去。

尽管他们的努力似乎有了成效，但马里厄斯和妹妹们都担心，可能会有从未听闻的治疗冻伤的更好方法。因此，马里厄斯第一次求助组织去寻求医生的建议。他首先前往灵赛德：这是一段乘车需二十分钟的路程，而这段距离杨用了四天时间才走完。马里厄斯此行的目的是咨询一位国立中学的校长，此人名叫莱格兰。找这个人有两个原因：他是该组织中与特罗姆瑟的领导人有直接联系的人；另外一个原因是，灵恩峡湾的绝大多数居民在困惑迷茫或是遇到困难时都习惯性地去找他。莱格兰先生是元老级人物，附近的人都敬重他。那些比较聪明的村民，实际上都曾是莱格兰的学生，因为那时他年长，而他的学校服务于整个地区。正是从他这里，少年马里厄斯意识到自己对文学的热爱，并把莱格兰视为最有智慧的人。除此之外，莱格兰还是原来比约讷松和伊伯松不妥协组织的爱国者。对他而言，德国对挪威的侵略是野蛮的侵犯，是一个新的黑暗时代。位于灵赛德的莱格兰的学校建筑被征用为德国军队的一个兵营——一国之文化在暴政肆虐下沦陷的征兆。

当马里厄斯找到这位精明的老绅士，告诉他发生的情况后，老人十分赞赏马里厄斯及其家人的所作所为，也同意其提议。不言而喻，他会出手相帮。那时马里厄斯想到的最主要的问题，是不让福鲁弗拉藤的人知道杨在他家，这既十分必要，又十分困难。并非是那里的人都不值得信任，而是村里有很多流言蜚语。此事一旦走漏一点风声，整个村子里的人马上就会知道，就如激动人心的消息会迅雷不及掩耳地传播出去一样，那么德国人发现这件事就只是时间问题了。没人会告诉德国人，但他们住在村中间，在学校里，对村里的情况了如指掌。他们只要睁着眼睛就会知道村里的情况，那是最难保守秘密的地方。村民的房子散布在流出灵达伦峡湾的一条河流的两岸，而且是沿着河岸边的主路两侧稀疏分布。村里的树寥寥无几，从村中央几乎可以看到每间房子和房子间的空地。只需多几个邻居造访马里厄斯的家，面带好奇或是主动帮忙，那么那些在学校里监视村子的德国兵或是在路上巡逻的德军就会注意到有异常情况。

从这一点来看，请一位医生回来给杨看病风险很大。马里厄斯的家位于村子最远处的山谷上游，离路最远。医生来了就得把车停在路上，然后滑雪半英里，这段路程都是在村舍间穿行。医生一离开，他们的行动肯定会惊动村子里的每个人，村民们会站在那里热情地询问谁生病了。如果出现最坏的情况，马里厄斯他们也得这么做，但目前他们需要的只是医生的建议和一些药品，如果能拿到治疗药物也不错。

这意味着要向特罗姆瑟传送消息。如果找本地医生或是从本地诊所开药方，他们就得说是给谁开的药，这会导致局外人知道这个秘密。而在特罗姆瑟找医生开药谁也无法准确知道他们来自哪里。

幸运的是，尽管通向特罗姆瑟的路一到春天雪融时候会有两三周无法通行，但现在还保持畅通。派一辆私家车前往十分困难，因为司机必须得在碰到每个路卡时给出一个合理的出行理由。但人们注意到，德军从来不会太难为一辆公共汽车。如果是一辆他们一看便知的在这条路上定期行驶的班车，他们就不会盘问司机而让车通过。当地的一位公共汽车司机是组织的成员。马里厄斯和莱格兰请这位司机完成这项任务，那人欣然同意。公共汽车公司的一辆车坏了，于是这位司机开着另一辆车去取修理备件。

这名司机到达特罗姆瑟，使当地领导人首次获知托夫特峡湾激战后还有生还者。莱格兰让这位司机去找报纸编辑斯韦勒·拉森——他的得力助手克努森已经被驱逐出境。自然，司机带来的只是口头消息。拉森并不认识这个司机，而当时的组织比平时更警惕、更紧张。拉森拒绝承认自己是组织成员，告诉司机当天晚些时候再来。司机一走，拉森马上利用组织的行政系统查验此人的身份。司机再来的时候，拉森已经确认，这名极有可能是德国特工的司机已经摆脱了嫌疑，而且他已经咨询了一名医生和冻伤方面的药剂师。他们都说除了减轻患者的疼痛外，不用采取任何措施，药剂师还开了一些镇静剂。当晚杨吃下了第一服药。

在此期间，马里厄斯已经把杨从妹妹家转移出来藏到自家谷仓的一角。他知道，如果德国人来他的农场搜查，他把杨藏在哪儿都一样，但谷仓相对房间要安全得多，可以避开临时访客和亲戚朋友。这些问题始终让人担心。杨是在一个周六来到这所房子的。在春天的某个晴好周日，福鲁弗拉藤的居民习惯滑雪登上山谷上游来健身。而那个周日，山谷里尽是杨的足迹，而且任何人都能清楚无误地看到这些足迹最终通到汉娜·彼德森家的门口。由于这里的人们从未听过有人徒步外出，因此足迹而不是滑雪板的痕迹是引发人们议论的最佳谈资。为防备人们的询问，那个周日早上马里厄斯早早出门去查看他的农场，他把滑雪板留在家里徒步出门，尽量把自己的脚印和杨的脚印混在一起。而且他想出了一些说辞来解释为什么做这种反常的事。他编的理由虽没有说服力，但足以让人们不认为这些足迹是陌生人留下的。人们只会认为这家的主人一定是疯了。

这段时间，格伦沃尔德家族是福鲁弗拉藤地区唯一知道此事的人：马里厄斯、他的三个妹妹和两个小孩子，还有马里厄斯的母亲。汉娜的丈夫在外捕鱼，因此马里厄斯也发愁家里没有其他男人可以一起商量。他的三个妹妹一直没有放松努力，还在全心全意地照顾杨，以让他早点恢复健康。但居住在遥远挪威北部地区的女性很少成为男人征询意见的对象，而且马里厄斯总是不由自主地认为杨的突然到来已经把女人们吓坏了。特别是他的母亲，身体一直不好，马里厄斯也因此事让母亲紧张而苦恼。实际上，对于一位年老体衰的老妇人而言，知道自己的家族卷入了一个一旦被捕就会全家丧命的事件之中，肯定是相当可怕的。刚开始，老人反对这件事，虽然她自己对这唯一的解救办法也不甚了解。但那时杨已经跟马里厄斯讲了父亲和妹妹在奥斯陆的事，于是马里厄斯从杨父亲的角度开导母亲：“老妈，设想我落难奥斯陆，”他说，“您听说那里的人都不肯帮我，您会怎么想呢？”老人从这个简单的假设中进一步理解了这个问题。想通后她把杨视为一个有生命的人，一个就像自己儿子那样的挪威男子，而不仅仅是一个来自于她从来不怎么理解的战争中的陌生人。她最后同意马里厄斯帮助杨，也为此祈祷。然而从杨到来以后的数年中老人是否真正摆脱了紧张状态不得而知：因为直到杨最终离开，老人的心一直紧绷着。战争结束之前，风险会一直存在：任何一个机缘巧合，都可能使德国人发现她及其子女帮助过杨。在被德国人占领的黑白颠倒的世界里，伪善者得到奖赏，乐善好施者则成为罪犯。那些遵照基督教基本伦理原则行动的人像未被抓捕归案的凶手一样过着提心吊胆的日子。

汉娜·彼德森的两个孩子更让人担心。孩子们完全知道大人们所为，每天送他们去上学相当于把一个沉重的担子压在孩子们肩头。一些孩子在生死攸关的事情上会像成年人一样守口如瓶，但要是这种状态持续的时间太长，则会把他们拖垮。

杨在谷仓里躺了近一周，其中有四天时间一直处于半昏迷状态，不过那样也好，因为那时他无论如何不应该移动。当他最终从沉睡中醒过来，脚、手和盲眼的疼痛如油煎火燎。但他确确实实正在恢复，快到一周时他的视力恢复了。当谷仓门打开时，杨看到了门口的阳光，也认出了来给他喂饭的人。也是在那时，他的脚看起来似乎最终能痊愈，尽管凭两脚站起来走路还需要很长时间。最重要的是，他的大脑从脑震荡中恢复了过来，他的思考力和幽默感又回来了：他又恢复了原来的样子。他和马里厄斯开始发现双方有很多共同之处。他们的经历和背景恐怕是一个国家里相差最悬殊的了：一个是北极地区的农场主，乡村长大的思想家，另一个是城镇技术员；一个与战争隔绝，另一个完全浸淫于军事训练。但是杨的诙谐感一直如影随形，而马里厄斯，虽然是个认真的人，但被逗笑后会一发不可收拾。马里厄斯像饿汉意外发现眼前是满满的盛宴那样，贪婪地听杨讲英格兰以及战争故事。当杨讲到军队生活中很多滑稽可笑的事，常常逗得马里厄斯开怀大笑。马里厄斯笑的时候好像根本停不下来。他的笑声是一种古怪的具有传染性的假声，会逗得杨又笑起来。接着，在黑暗的谷仓中，蹲在杨旁边干草上的马里厄斯又会被逗得前仰后合，时不时擦擦脸上笑出的泪水。但他们不得不提醒对方要保持安静，以免谷仓外面有人听到里面的声音。

尽管马里厄斯很享受和杨在一起的这些时光，但只要杨待在农场里就危如累卵。每当从村里看到有人爬上山头，或是住在校舍里的德军有微小异常举动，都会引起马里厄斯的恐慌。杨一旦恢复得可以走路，就得立即被运离此地，而且马里厄斯已经想好一个安放杨的地方。

灵恩峡湾对岸陡不可攀，而且渺无人烟。那里曾有个农场：在八英里的范围内只有这么一个农场。但很久以前毁于一场大火，再未重建。一个原木小屋从那场大火中幸存下来，仍然矗立在那里。从最近的房子到那里有四英里远，可以沿着河岸走或是渡河过去——据马里厄斯所知，还没有人去过那里。如果可以为杨找到一个安全的藏身处，那个小木屋是不二之选。那个农场的名字叫作雷夫德尔。

要把杨运送到那里，仅凭马里厄斯和几个妹妹的帮助是远远不够的，因为一路上要抬着杨，然后再放到船上，到达对岸后再把他抬上岸。于是这个时候，马里厄斯开始把村里其他组织成员拉进来。他选人的原则是绝对不能把一家中的两个男人同时扯进这件事中来，以防出现不测导致包括他在内的另外一个家庭骨肉分离。最后，他选了三个朋友参加此次秘密转运：阿尔温·拉森、阿曼达斯·利勒沃尔和奥拉夫·拉内斯。他们从小就是知己。当马里厄斯将实情一个一个地分别告诉他们后，三人都十分乐意帮忙。

他们决定 4 月 12 日晚上进行转运。托夫特峡湾激战后两周里，夜晚已经变得相当短：对任何“非法行动”而言都显得太短了。为了避免意外，行程的第一段必须精心计划，而且要迅速完成，这段就是从马里厄斯家的谷仓到河岸的半英里路程。

马里厄斯一生都生活在那里，但是规划一条从自家出去而不被人发现的路线，对他而言则是一次全新的体验，这对于绝大多数规行矩步的守法之人都是如此。路线规划异常困难。必须用担架把杨抬出来，而山谷两侧十分陡峭，无法攀爬，限制了他们的可用路线。另一方面，山谷两侧间的三角形缓坡地段完全暴露在全村的视野之下，穿过这块斜坡的路则连着村里的每栋房子。走这条路面临两个主要威胁，驻扎在学校里的德军和在路上巡逻的岗哨。但比这两者更让马里厄斯担心的是可能会碰到邻居，而且要向他们没完没了地解释。深更半夜担架上抬着一个人鬼鬼祟祟地穿过村子，这用平常一两句话无法解释清楚。

马里厄斯做了一番侦察，即换了个全新的角度察看他的家。结果发现只有一条可行路线，即河床。这条河过了山谷后被叫作灵达尔塞尔文，它从村中间奔流而下，穿过一座宽约二百码的桥。它有两条水道，一条五十英尺宽，平时的夏季河水会从此流过，另一条更宽的是泄洪道，只有到春季雪融时才会涨满河水。那一年的 4 月中旬，雪还没有开始融化，整条河流还封冻着。泄洪水道有两个十五英尺高的河堤，马里厄斯发现，走紧靠河堤下面干涸的河床可以很好地躲过人们的视线。从这里走存在一个可能的危险，距离水道最近的房屋是德军居住的学校，距河堤顶部只有三四步远。但即便如此，这看起来仍旧似乎是唯一可行的路线。从学校窗户望出去，德军几乎可以对谷口每英寸土地明察秋毫，他们唯一看不到的地方就是窗户底下的河堤底部。

选择行动的那天黄昏时分，他们聚集在谷仓里。两个男人会和马里厄斯一起抬担架，他的妹妹英厄堡自愿走在一行人前面，查看路上是否安全。另外一个人会爬到河对岸一块高耸的冰碛石顶上，在那里可以监视路上巡逻的德国哨兵。一艘带帆的划艇已经拖上了河口的沙滩。杨也被一条毯子裹好，捆在一副自制担架上，他们还带了一个装满食物的帆布背包和一个石蜡灶具，准备留在雷夫德尔农场供杨使用。他们紧张不安地等待着漫长的黄昏变暗，直到天色足够黑的时候再出发。等到马里厄斯发出出发指令时，已经过了夜里十一点。

这是一段紧张得让人喘不过气来的转运之旅。这次，他们不能用滑雪板。暗夜里抬着担架在灌木丛中从陡坡上滑雪下来将导致灾难性后果，至少对于躺在担架上的人来说是如此。但徒步在深雪中抬着这样体重的人行进是让人筋疲力尽的活儿，即使这么短的路程，也是如此。他们首先直接爬到河面，从容地行至河堤下面，然后把杨放在雪地上稍稍休息几分钟。负责监视德军的人就此离开，穿过河面，爬上有利的观察点，而英厄堡则走在前面查看学校里的情况，同时在雪地里给他们踩出一条路。此刻万籁俱寂，只有些许南风吹得电话线不停地呜咽，撩拨着灌木光秃秃的细枝。声音虽然不大，但益于遮掩他们行进发出的声响。体力恢复后，他们弯下腰抬起担架，走进水道，向学校方向走去。

很快学校便进入了他们的视野。一些窗户透出黄色的灯光，照在外面踩踏过的雪地上。其中一扇窗户里的灯光穿过了河道，但近处只照到校舍的墙下，陡峭的河堤投下一个看起来像黑暗隧道的阴影。这几个抬担架的人逐渐走近阴影，他们尽可能弯低腰，眼睛盯着前面英厄堡的脚印，以防绊倒，同时极力克制不向上看头顶的灯光。走到操场的围墙时，他们蹑手蹑脚地向河堤底部靠得更近一些。向上瞟一眼，他们可以看到右边屋顶的边缘，屋内的灯光照亮了他们左侧一丛矮小的灌木，但光线只是从他们头顶上方一两英尺高的位置穿过。驻扎在学校里的德军没有一丝声响，马里厄斯一行人敏锐地觉察到他们脚下的雪发出轻微的咯吱咯吱声。四周的静寂是那样诡秘。三十秒后，他们穿过了学校，而且看到了路，就在他们前方五十步远的地方。

这是他们最害怕的地段。此时他们后边是学校，前方是路，这四个人无遮无拦完全暴露在所有人的视野之中。能否通过这里全凭运气：他们要等哨兵多久，是否会有开着大灯的汽车通过。但英厄堡在那儿，躲在路边一处灌木丛后面，一直趴在那里监视着德国哨兵，她向他们悄悄移动，同时指着右手边离桥不远的那个地方。那里就是他们预计哨兵会通过之处，是巡逻区域的最远端。与此同时，冰碛石顶上闪了一下微弱的光，是那里的放哨人擦了一根火柴，这是一个信号，告诉他们德国哨兵差不多正位于巡逻区另一端的最远处，一会儿就会转回来。这是稍纵即逝的大好时机：他们必须一刻不停地迅速通过。他们快速爬到路上，这几秒他们完全暴露在视野之中，雪地反衬着他们黑色的影子十分扎眼，无论是从学校那里，还是整个巡逻区和很多房屋都可以看到他们。接着他们爬到路的另一侧，藏在了灌木丛中，这些灌木可以一直掩护他们到河岸，最危险的一段路程终于有惊无险地通过了。

他们把船从沙滩上拉到河中，匆匆把杨抬上船后，悄悄地疾速划出二百多码，然后扬帆起航。右舷方向微风习习，航线直通远处横跨峡湾的隐约浮现的群山，山峰之下便是雷夫德尔农场的木屋。

Part 9

第九章 废弃的农场

被杨视为雷夫德尔农场萨沃伊旅馆的地方并不宽敞，但他在那里度过的前两天是他整个逃亡之旅中最幸福宁静的时光，一段短暂的天堂时光：如果可以，他要用“幸福”来形容他那时的心态，用“天堂”来形容像雷夫德尔那样的地方。小木屋十英尺长，七英尺宽，是由原木建造而成，有一扇门，没有窗。关上门时屋内唯一的光是透过墙和屋顶的缝隙射进来的光线，屋顶荒草萋萋。屋子一侧有一个木制床铺，余下的空间则塞满了杂七杂八的零碎杂物，好像很久前从失火农场的废墟中抢救出来的。屋内有一个很小的粗糙砍制而成的桌子，还有几片木犁，以及一些杨想不出来是做什么用的木制器具，还有一个雕刻精美的照片框，没有玻璃，也没有照片。屋内所有物件都是木制的，没有涂漆，甚至门闩和门的合页都是木制的，但由于经年的使用已经破烂不堪，岁月的侵蚀使这一切变得发白而且脆弱易碎。

当他们把杨从船上搬运到农场时，杨扫视了一眼周周的环境。农场位于距河岸十码远处，坐落在一块林中空地上，这片空地倾斜向上连接到山峰侧面一片歪歪扭扭的小树林。杨看到空地上有些桩子和电线，看起来好像还有人来过这里收割和晾晒干草——干草可是挪威北部地区珍贵的收成。但没有迹象表明过去八个月的冬季有人来过，恐怕在接下来的三个月，直到7月份，也不会有人来这里了。在漫山遍野的大雪和石头的映衬下，孤独废弃的小木屋看起来是那样的渺小凄凉，看起来甚至比实际还要小。从远处人们也许会把小屋看成一块巨石，四分之三被大雪盖着。从河的任何登岸位置都不会注意到那个小屋，只会看到这片孤独的沙滩。陌生人沿峡湾航行看到小屋的可能性微乎其微。

他们把杨放在铺上，然后把食物和石蜡炉放在桌上他伸手可以拿到的地方。马里厄斯犹豫了一会儿，似乎还应该有什么可以为杨做的事情，但实际上一切都安排妥当了。他向杨保证两三个晚上后会来看他，杨向马里厄斯表示感谢。随后他们走出木屋，关上房门离去，留下杨独自一人躺在黑暗之中。杨侧耳倾听了几分钟，希望能听到他们推船下水时在沙滩上摩擦的声音，但小屋内什么都听不到。确信他们已经离开后，杨拿出身边少得可怜的物品，在坚硬老旧的铺板上摆放好。他感到心满意足，他拥有了想要的一切：时间、些许食物，还有孤独。他可以想躺多久，就躺多久，不是任何人的负担，直到他的脚痊愈。很快，他便酣然入梦。

自从雪崩之后，杨很能睡觉，似乎从来没有睡醒的时候，而在雷夫德尔，除了吃饭外，杨根本醒不过来。确实被饿醒的时候，有时会发现阳光透过屋顶的缝隙洒满小屋，有时，屋内则没有一丝光线，这时他会摸索到火柴，伴着石蜡炉微弱的蓝色火苗吃饭。然而无论外面是白天还是黑夜，都引不起他的兴趣。

醒着的时候，如烟往事会浮现在脑海之中，他想起战前的奥斯陆，想起他的家人，想起他曾任主席的家乡足球俱乐部，想起离家这三年来自己履险蹈危出生入死，还有在苏格兰训练营的战友，也想起自己的抱负和希望战争结束的那一天早些到来。从他家和他父亲的仪器制造作坊到这张床铺、这栋木屋以及这个荒无人烟的北极岸边，这是多么漫长而奇妙的旅程啊！但他那时从没想到自己的征程会在那里结束。有朝一日，他会从床铺上站起来走出门去，然后一切从头再来。时间就这样一点一点流逝，而这才是最重要的。因为时间，他相信，才是唯一可以治愈他的脚并赋予他力量来应对前往瑞典的最后二十五英里。

而马里厄斯回到福鲁弗拉藤后，并不那么乐观，他因为把杨独自一人留在农场小屋而内心万分纠结——他更应该把杨藏在他可以随时看到的地方。但他自我安慰地想，此举是为了家庭的安危，而不是为了他个人，更何况这是为了杨的利益着想才把他放在一个德国人极不可能搜查的地方。马里厄斯相信，诚如杨也同样坚信一样，他最终能恢复健康，只不过马里厄斯认为这可能需要很长时间。而且他知道，尽管杨不知道，要维持杨在雷夫德尔最基本的生活所需是多么困难。他从来不吝啬给杨什么东西，不吝惜时间，不怕危险，也不怕花钱——虽然那时他的积蓄已经快花完了，而是十分担心如何不让别人知道这事，现在保守秘密就已经十分困难了，如果这种状态持续太长时间，不可能不被人发现。如果有人注意到他每周有两三个晚上外出乘船去无人居住的峡湾对面，他给不出让人相信的解释。除此之外，随时可能出现的德国人的突袭搜查也会使他根本无法渡河去给杨送补给。德国人也可能逮捕他，如果万一不幸如此，他只得找一个没有涉入此事的人，在他不在的时间里代自己履行职责。否则，杨会被忘在那里直到饿死。实际上，随时都可能出现紧急情况，因此应该制订一个计划，以便在紧急情况发生之时，即使杨无法走路，也能将其送过边境。

马里厄斯再次去找莱格兰先生商量，他们讨论了很久。最后他们一致认为，把杨放在雷夫德尔除了更加安全外，也是准备前往边境的较好选择。如果杨想直接从福鲁弗拉藤出发，得要穿越数个峡谷，还要走主路。而若从雷夫德尔出发，只需攀登三千英尺的山峰，便可到达高原。一旦人上了高原，从那里到达边境之前既没有路也无人烟，可以滑雪长驱直入。但如果杨在行进过程中需要帮助，就只得求助峡湾对面的当地居民。

对于可能要把杨交给其他人的想法，马里厄斯觉得有点失望，但他必须承认，若是直接前往边境，他本人无力提供任何帮助。首先，他从未踏足过高原。除此之外，没人知道此行会有多远。肯定不会少于四天，若他离家如此之久，每个人都会知道。而另一方面，峡湾对面至少还有一个没有德军驻扎的居民点。那里的人可能了解高原，至少熟悉他们附近的部分地区，他们离家消失几天可能更容易。

马里厄斯不情愿地同意这个方案后，莱格兰先生便着手通知峡湾对面的熟人，告诉他们可能需要前往边境的护送。他打算商议一个见面地点和暗号，以备紧急时使用。

他们记得那个居民点名叫曼达尔，坐落在一个直插入高原二十英里的深谷中，有六七百居民。那里要比灵赛德和福鲁弗拉藤更加与世隔绝，因为没有路通到曼达尔，甚至连通向那里的山间羊肠小路都没有，只有攀越冬季里异常危险的崇山峻岭，或是从灵赛德走十英里海路，才能到那里。但即便在那么偏远的地方，组织也有联系人。

他们想到曼达尔的同时，一个一直让他们担心的难题摆在他们面前，那就是钱的问题。如果曼达尔参加转运，那么解救杨的整个过程的花费会远远超出莱格兰，或马里厄斯从自己或是邻居口袋里能找出的钱。人们很容易忘记此类行动需要钱，但确实需要：或者至少，在挪威北部地区需要。像马里厄斯这样的人，很乐意挤出自己的口粮来给杨吃，也宁愿为了杨少盖一张毯子，给他几件自己的衣服，但杨迟早肯定需要一些马里厄斯他们自己也没有的东西。那时就只剩一个选择了：要么找能提供这种东西的人借，让这些人知道这个秘密从而免费提供，要么去买。杨最可能需要的东西是基本的生活必需品，而这是定量配给的，而他可能需要的很多东西，除了以黑市价格购买外根本买不到。而那些愿意在黑市上卖东西的人肯定是最不应该知道杨情况的人。获得所需物品的唯一安全的方法，就是要多少钱给多少钱，尽管价格会很高，而且不能告诉任何人。杨已经拿了马里厄斯能拿出来的最后一点白兰地和香烟，而他还需要这些东西。或者更准确一点说，他需要白兰地来御寒，而香烟则是他能享受的唯一奢侈品。如果曼达尔人也参加转运，那还有船需要柴油的问题。曼达尔有部电话，但是所有电话都被窃听。告知曼达尔人情况的唯一办法是开着摩托艇去到那里，而如若摩托艇的主人不能为此行给出合理的解释，那么所需油料也只能从黑市购买。

还有要为那些花时间参与此次行动的人支付报酬的问题。马里厄斯的时间自己支配，可以花自己的时间照顾杨，其他福鲁弗拉藤人也可以这样做。但是周边很多人，特别是像曼达尔这样地方的人，生活勉强糊口，如果他们几天不工作，则意味着给老婆孩子的食物更少。这不会影响他们提供帮助，但是组织的基本原则是不会让任何人因为做组织安排的事而承受现实的经济困难。国家为其军人支付报酬，他们这个组织也希望这么做。如果有人受命要运送杨去瑞典，肯定要给他支付报酬以补偿他离开这些天的损失。总的来看，整个过程的费用可能会远远超出灵赛德和福鲁弗拉藤居民的承受力。

幸好莱格兰先生要去特罗姆瑟，而且他向马里厄斯保证会认真考虑此次行动的资金问题。灵恩峡湾发生的情况就这样第二次到达了特罗姆瑟，莱格兰去找斯韦勒 · 拉森，后者的父亲就是那位被流放的报纸所有人，是莱格兰的老友。莱格兰在一个周六的晚上到达了特罗姆瑟，把所有情况从头到尾都告诉了拉森，但他省去了其中的人名和地名。莱格兰估计拉森可能有一百五十英镑资金用于其已预见到的紧急之需，没有这么多钱，或是不能保证可以迅速筹集到这么多钱，他觉得没法让任何人前往边境。

拉森没提任何异议就爽快地答应了这个要求。这种事是特罗姆瑟商人愿意为之埋单的，但是要在一个周六晚上筹集到这么多现金对他的组织是一个严峻考验。如果莱格兰在银行和其他办公场所的营业时间来，拿到这么多钱只需几分钟。这次，拉森把自己刚好放在家里的钱都拿了出来，然后又去向组织中的朋友借了一圈。周日早上他筹齐了这笔钱，是向很多人借来的各种面值的钱。莱格兰先生带着这笔钱回家了，他为钱焦虑的心也暂时落了地。但事实上，这只是挽救杨生命支出的小小开始。当一切结束时，总共花费了一千六百五十英镑现金，外加数百人免费提供的劳动和物品。所有这些钱皆由特罗姆瑟那些认为杨是反德标志的商业公司和个人提供。

马里厄斯信守承诺去农场看望杨。把杨留在雷夫德尔两晚后，他再次出发，划船渡过峡湾，又带去一袋食物和几瓶牛奶。杨还躺在床铺上，一如两天前把他留在那里时一样。杨十分开心，几天的休息使他大有好转。他自娱自乐地把填塞原木墙的苔藓抠出来，用报纸卷来做烟。马里厄斯发誓要在下次来之前找到比这更好的烟。他还为杨煮了些鱼。杨吃完后，两人查看了杨的脚。双脚看起来恢复得不错。他们满怀希望地聊着杨不久后能再次穿上滑雪板。

马里厄斯和杨都同意无须让杨知道关于这个组织的任何事。尽管杨的前景比一周前看似明朗了一些，但他和马里厄斯内心深处都十分清楚，只要他不能站起来走，最终躲过被捕的可能性真的是微乎其微。因此，马里厄斯仍然称自己是汉斯·延森，而杨依旧全然不知见到的其他人的名字，也不知道灵赛德或是特罗姆瑟开展活动的情况。他被迫同意不去了解谁正在帮助他，但在人们伸出援助之手时，他还是心存万分感激。

然而，为了让杨振作精神，那天晚上马里厄斯告诉杨已经请曼达尔的人在需要的时候提供帮助。同时他还向杨介绍了周围群山和高原的地理情况，以便他们采取突然行动时杨心里清楚。从雷夫德尔的木屋攀过几座山峰进入曼达尔的峡谷并不是很远：地图上只有五英里，尽管实际上要登上三千英尺高，再从三千英尺的高度爬下来。如果到时杨需要帮助，马里厄斯打算来雷夫德尔，带着杨爬上高原。同时他会安排曼达尔人从另一侧爬上来，然后在高原会合，这样他们就可以在那里交接，然后护送杨向南穿越高原前往挪瑞边境。

当知道人们正在积极制订计划帮自己逃脱时，杨备受鼓舞。马里厄斯带来的消息使他那晚心情很好，心满意足地回归到接下来两天的孤独和黑暗之中。

马里厄斯离开没多久，不超过几个小时，杨的脚便开始疼起来。一开始并没有多疼，只是比解冻至今一直持续的疼痛稍重一点。疼痛时断时续，有些时候，比如那天凌晨，他觉得这是幻觉。但当阳光透过屋顶的小孔照到屋里时，他确信出了问题。当木屋里的光照最充足时，他努力从毯子里爬出来，解开脚上的绷带。双脚的样子让他大吃一惊。他的双脚自马里厄斯来的前一天晚上已经开始发生明显变化。现在，他的脚趾呈灰色，而且尽管双脚整体而言比以前更疼，如针刺般疼痛难忍，但脚趾却冰冷且没有知觉。他开始搓脚趾，结果雪上加霜，脚趾的皮开始脱落。被枪击伤的脚趾早已开始痊愈，但伤疤却呈现出不正常的暗黑色。

杨在毯子里又翻了个身，不安地躺下来，猜想着这种变化意味着什么。他不知道出了什么问题，也不知道应该如何去阻止这种状况。自遇到马里厄斯以来，他第一次觉得那样孤独。跟马里厄斯说再独自等两天似乎很容易，但现在他后悔了。他十分需要有人来跟他说说他的脚伤，杨意识到等待看到马里厄斯之前的三十六小时将寸阴若岁。

脚趾的伤显然比杨预想的要严重得多，疼痛随着时间的推移迅速加剧，最后疼得他根本睡不成觉，只得躺在那里凝视着黑暗，分分秒秒地默数着时间等待马里厄斯的到来，同时移动着自己的腿，无望地试图找个可以缓解疼痛的位置。疼痛一波一波地蔓延到他的腿，有时似乎整个身体如烈火灼烧般疼痛难忍，当痛劲儿过去，留下他大汗淋漓，浑身颤抖，气喘吁吁。

当黎明的曙光第二次降临木屋时，杨在光线足够亮时再次解开了脚上的绷带。勉强熬过了一夜后，他对眼前所见并没有感到惊奇。他的脚趾变黑了，而且肿了起来，一股恶臭的液体从脚趾渗了出来，更严重的是，他的脚趾再也不能动了。

杨吓得不知所措，因为没有人可以给他建议或是安慰。最疼痛的时候，他几乎无法思考。疼痛缓解时，他躺在铺上猜想马里厄斯会怎么做：他是否会带自己回福鲁弗拉藤，或是有医生愿意冒险来雷夫德尔。杨不知道，若不被送进医院，即便有医生来又能做什么。他觉得自己要么得了败血症，要么是坏疽病。他认为，无论是哪一种，都会慢慢扩大到他的腿。如果在医院，杨想，他们会给他注射药物以防止病情扩散。但在雷夫德尔那种地方，在没有任何医疗设施的情况下，他想不出可以采取什么措施。他思考着如果有机会，他是不是应该去医院，很快他便下定决心不去。在医院，德国人最后肯定会抓到他，这样所有帮助过他的人都可能受到牵连。他深知如果疼痛持续下去，自己很可能禁不住去医院的诱惑而点头同意，于是他当机立断做出了最后决定，以防那一刻来临时状况不佳不能做出正确决策。不管发生什么情况，他坚决不去医院。他努力想象可能出现的最坏情况以使这种坚定的信念不会动摇，毕竟，最坏的情况无非是死。他把所有的信心都放在马里厄斯身上。马里厄斯会知道该怎么做：他或是带他去看医生，或是会带一名医生来雷夫德尔，亦或者在这两件事他都做不了时会提出建议，带来药物亲自给杨治疗。在这样的胡思乱想中，杨熬过了第二天。

经过漫长的等待，夜晚终于来了。木屋内几道柔弱如丝的光线越来越暗，他渴望已久的黑暗降临了。因为只有天全黑下来，马里厄斯才能划船渡河，因此必须要等到天黑后再过一个半小时他才可能到来。但杨早早地就躺在那里，屏息倾听着门外的脚步声以及马里厄斯进门前高兴的打招呼声——这样杨就知道有朋友要进来。夜晚的时间一分一分地慢慢溜走了，直到黎明的第一道曙光出现，马里厄斯还是没有出现。

杨仍然记忆犹新的一段最恐惧的时光就此开始。这是他第一次完全陷入无法活着熬过去的绝望之中，可他并没有真正屈从于死亡，至少，不是自己完全可以预料的这样依依不舍地孤独痛苦地死掉。起初，杨每晚都等着，希望能听到马里厄斯的脚步声，但随着每晚悄无声息地过去而不见马里厄斯的到来，他心中的希望之火慢慢熄灭了。五天过后，他唯一能想到的可能是马里厄斯和每个知道他在那里的人都被捕枪决了，而他则被整个世界彻底遗忘了，只能无奈地躺在这个与世隔绝的孤零零的木屋中，直到败血症将自己折磨至死，或是被活活饿死。雷夫德尔，这个因为安全而被他们选中的地方，最终成为他的牢笼。悬在其上方的光秃秃的山峰，屋旁的茫茫大海以及两侧延伸数英里的荒凉沙滩如铜墙铁壁一般将杨困在其中。他不再相信自己能从床上爬起来，走到门边，打开门，走进新鲜的空气之中重新开始自己的征程。他清楚地知道，自己的双脚再也无法支撑他走到最近的友好的村舍；他也知道自己体力衰退得再也无法游泳，甚至连爬都不再可能。

孤独中，杨希望自己会祷告。躺在那里等待死亡的同时，他努力梳理自己的宗教信仰。但诚如他那一代很多年轻人一样，他成长过程中没有祷告的习惯。这并非他本人的错。他接受了技术和科学教育，内心无法接受宗教。这种教育，在他二十六岁的时候，灌输给他唯物主义人生观。杨曾尽力按照基督教的道德规范生活，但他所接受的教育使他无法相信一个人性化的上帝正注视着身陷雷夫德尔的他。他并非蔑视那种宗教，他完全明白这种宗教能给自己带来莫大的宽慰。但任何有着清晰而严谨思想的人，都不会为了适应其境况而改变其信念。过了这么多年没有祷告的生活，杨觉得当陷入此番困境时再去祈祷是很虚伪的，也是对他可能信仰的任何一种“上帝”的冒犯。他那时也不相信自己还有未来。杨认为除了父亲、弟弟和妹妹外，所有认识他的人可能早已忘了他或是认为他牺牲了。他觉得当最后一根疼痛的神经断了之后，自己就会从这个世界上消失，除了在躺过的地方留下一具腐烂的尸体。

日子一天接一天，疼痛一次接一次。有一天，杨意识到外面有风声，还有从墙缝和门缝漏进来的雪花。还有一天，当他伸手去摸桌上的食物时，发现桌面空空如也。在这些日子里，甚至当最后一线希望都破灭之后，杨打盹的时候总是梦想着，或想象着听到门外马里厄斯的声音，然后心里一紧就醒过来。但是没有人来。

Part 10

第十章 暴风雪后

实际上，马里厄斯安然无恙。德国人没有任何新举动，福鲁弗拉藤平静如常。他没能去看杨，仅仅是因为又来了一场暴风雪。就在他上一次探访杨之后，暴风雪从南方席卷而来，早在他想再次渡过峡湾那晚之前，汹涌的大海已使横渡完全不可能。

当杨躺在峡湾东岸的木屋中呻吟的时候，马里厄斯正在西岸焦躁不安，位于他们之间的浊浪滔天的四英里海面成为不可逾越的障碍。没有人能去到雷夫德尔。每一天，马里厄斯都会凝视着奔腾咆哮飞沫四溅的灰色海水；每个黄昏，他都会到福鲁弗拉藤的沙滩，去确认是否真的没有机会渡过峡湾。但放船到海里绝对不可能完成。每天晚上，他都会躺在床上侧耳倾听狂风的吼叫是否有丝毫减弱的迹象。

但马里厄斯并不十分担心，因为没有理由让他过分担心杨的安危。他离开杨的时候，杨的健康状况正在改善。虽然他没有给杨留下他想留的那么多食物，但如果杨节俭一点，那些吃食足以保证杨在一段时间内不至于挨饿。他知道杨会失望，杨也会猜测发生了什么情况，但他确信杨会猜到是暴风雪来了。马里厄斯没有想到随着大雪在那个木屋四周堆积起来，杨在木墙内听不到风的吼声。而且，他始终认为杨是某种水兵，杨本人很清楚强劲的南风在这片狭窄的二十英里的水域产生的破坏力。

因此，虽然马里厄斯因让杨失望而深感不安，但他并没有迫在眉睫的焦急，最让他担心的是白昼逐渐变长带来的威胁。仅就其本人帮助杨而言，解救杨的努力正成为一场与夜半太阳的赛跑。这种自然现象始于4月最后一个星期，而现在整晚都已经是微亮状态了。在暴风雪持续期间，夜晚的黑暗尚能保护他出行，而当天气放晴，他要想从福鲁弗拉藤的沙滩偷偷溜过去而不被德国哨兵发现的时间不会超过两个小时。而且如果他在黄昏最暗的时候离开沙滩，他就得冒险在大白天再回来。这里的晚上会有持续两周的时间亮如白昼，任何有双筒望远镜的人都可以看到他穿越峡湾的全部过程，而且如果德国的摩托艇正在巡逻，就可以从数英里外追上他。在这种天气出现之前，杨无论如何必须得从雷夫德尔出发。

当暴风雪开始显现出要结束的迹象时，马里厄斯准备前往雷夫德尔，这距他第二次去木屋已经过了整整一周。那天，他和家人估计晚上可能有机会渡过峡湾，于是马里厄斯把所有要给杨带的东西收拾好装进帆布背包：食物、石蜡、几瓶牛奶、几根香烟。夜幕降临，他穿上滑雪板，再次来到沙滩。两个朋友在那里与他会合。海上依旧风急浪高，但不足以威胁到渡海安全。当风刮过那片内陆水域，海面很快风平浪静。他们悄悄地划船入海，向远处划去。暴风雪中，根本看不到德军摩托艇的踪迹，但德军在那晚的此类天气中极有可能再次出动巡逻。

然而，渡海行动进行得十分平静。马里厄斯本人特别高兴，因为有好消息要带给杨。他刚刚听说莱格兰先生已经给曼达尔的学校校长发了消息，而且得到了肯定的答复。曼达尔那边显然举行了一次会议，那里有很多志愿者准备要爬上曼达尔和雷夫德尔间的山顶的见面地点去接杨。曼达尔人愿意接手承担照顾杨的责任，而且那个校长认为他们可以把杨护送到边境。想到这里，横渡峡湾的马里厄斯不禁心中一喜，想象着杨可能用不了一周就到瑞典了。

到达雷夫德尔后的所见，让马里厄斯极其震惊。推开木屋门之前，他喊了一句："嘿，你好！"但没有回应。他推门走了进去，屋内漆黑一片，还有一股腐臭的味道。惊慌中，马里厄斯直接喊出了杨的名字，然后在床铺前弯下腰，同时闪念想到德国人来这里把杨抓走了。但他摸到了毯子，接着，让他宽慰的是，他听到杨转过头来发出的微弱声音。

"怎么回事？"他急切地问道，"发生了什么情况？"

"我疼得要死。"杨答道。

马里厄斯急忙关上门，点燃一盏提灯。眼前的情景把他吓坏了，杨的脸白得像埋在土里的尸体，还有乱糟糟的胡须。当灯光照到杨的脸上，他才缓慢疲倦地睁开眼睛，有气无力地动了一下。裹着腿的毯子已经被血染成了暗黑色。

杨已经病入膏肓，对马里厄斯的到来高兴不起来。这个场景此前频繁出现在他的梦中。有那么一会儿，杨甚至不愿意从昏迷中被拉回来，不愿意再被迫尽力活下去。但当马里厄斯烧了些开水给他喝下去之后，他稍微恢复了一点。杨说他已经好几天没吃没喝了。这让马里厄斯很不解，因为他认为留下的食物足够多。实际上，三四天前剩下的食物都掉到桌子下面了，杨迷迷糊糊中没有注意到。从那时起，他便躺在床铺上忍饥挨饿日渐虚弱，而面包和鱼干就在他旁边的地上，只是掉在床板下面他看不见的地方而已。

当杨恢复过来能够连贯说话后，马里厄斯亲自着手那件并不愉快的工作：查看杨的脚。其实在看之前，马里厄斯已经意识到这是坏疽病。尽管杨还活着，但他的双脚脚趾显然已坏死一段时间了，毯子上的血大多是杨自己割脚趾时流出来的。几天前，在他还有力气的时候，杨用小折刀给自己的脚动了手术。由于认为这是败血症，因此杨推断自己能做的唯一一件事就是放血，就像人们被蛇咬伤后通常做的那样。于是在铺上一条腿一条腿地立起来，用刀刺破自己的脚，让血流出来。

马里厄斯尽心尽力地把杨的脚洗净，然后重新包扎起来。他和杨都知道，无须说出来：杨再也不能走路或是滑雪去瑞典了。

马里厄斯暗自想，除了切除杨的脚外，没有别的办法了。他没有对杨说这些，担心会让他心情不好，其实杨也是这么认为的。

由于是白昼，马里厄斯那晚不能陪杨待太久，但离开前他向杨保证，要么带个医生来，要么无论如何会安排人带杨去瑞典。不管怎样，他会在两三天内再来。就这样，马里厄斯又把杨一个人留在孤独之中。但杨现在知道还有朋友主动尽力帮他，他觉得能在这个讨厌的木屋里安之若素地面对接下来的几天，见马里厄斯一面，便重新燃起了杨活下去的意志。在接下来的几天里，在一阵阵的疼痛间隙，他开始接受自己将像残疾人一样活着。刚开始，他病态似的冥思苦想残疾后所有无法参加的活动，但是慢慢地他开始展望自己仍能享受的简单快乐。他那时最大的奢求就是回到伦敦，在阳光明媚的日子坐着轮椅去肯星顿花园看孩子们游戏。

马里厄斯在黎明的曙光中划过峡湾回到家里。他知道自己在完全不知道如何去兑现的情况下向杨做出了保证。但他笃信如果为了解决问题而不惜一切代价，总会找到办法。他不敢肯定有哪个医生会冒着生命危险去雷夫德尔，而且他确实觉得医生去了也解决不了什么问题，除了送杨进医院，而杨拒绝这样做。他在那时也不知道如何活生生地抬着杨这样一个大活人翻山越岭到达边境。但总得确定一种解决办法，这不仅仅是因为他向杨做出了承诺，还因为如果不想办法，杨显然会死。

马里厄斯回到家便把杨完全无法走路这个显然无法解决的新困难告诉了组织里所有的朋友。莱格兰先生、马里厄斯和另外三个帮其把杨运到雷夫德尔的福鲁弗拉藤人开始讨论这个问题。一点一点地，他们竟拼凑出一个并非不可能的计划。送信人被派往特罗姆瑟、曼达尔和东边更远的一个叫卡菲尤尔的山谷。有关这个问题的消息，通过在可能会提供帮助的可信者之间的传递已经广泛传播开来。一直没有什么实质行动的爱国俱乐部，至少被这种将会最大限度地测试组织效率的状况所激发，开始采取行动，接下来的那天晚上，送信人开始一个接一个地陆续返回，把批评、新建议以及更多人愿意提供帮助的消息带回给骨干策划者。计划成形了。

去特罗姆瑟的送信人从斯韦勒·拉森那里带回一条消息，他爽快地承诺提供资金支持，不带任何附加条件。去曼达尔的送信人带回一条相对复杂的消息，但也同样让人高兴。曼达尔一个四人小组已准备好随时爬上高原，接手照顾杨的责任。如果马里厄斯和福鲁弗拉藤的人能够把杨送上高原并带一只雪橇，曼达尔人同样愿意把杨送至边境，但他们认为此举为下策。这个小组中没人尝试过拉着一个雪橇穿越高原，这可能需要很长时间，如果再次出现恶劣天气，穿越之行会以灾难性的后果结束，而且没人清楚瑞典那一侧山区的情况。他们不得不说明，尽管离挪瑞边境只有二十五英里远，但不了解该地区情况的人很可能会多走数百英里而进入通向波罗的海的森林，然后才可能发现人烟。如果出现这种情况，行程会相当漫长，那么他们离开村子的事就不可能不被发现，那就意味着他们谁也无法回来。他们只得逃亡，这是他们最不愿意的，因为他们都有妻儿老小需要照顾。但他们有一个更好的提议：让拉普人来完成这段行程。

让拉普人而不是挪威人把杨送至边境的好处对于马里厄斯和莱格兰先生来说显而易见，任何了解拉普人和这个国家的人都会这么认为。唯一令人吃惊的是，卡菲尤尔人或曼达尔人竟然和拉普人十分熟络，完全可以说服他们进行此次行程。拉普人任何时候都是一个奇特的民族，是与欧洲其他民族迥然不同的一个小的原始种族。战争期间，他们与普通民族更加不同。马里厄斯他们记得此类拉普人是以饲养驯鹿为生的游牧民族，有史以来一直与驯鹿一起每年定期迁徙。相同的拉普家族会在每年春季带着他们的牲畜来到卡菲尤尔和灵赛德，通常总是在 5 月 5 日前后一两天内到达那里。他们会在挪威的那个地区度过夏天，冬天则在芬兰或是瑞典。国家间的边境线对他们没有意义，因为他们早在边境线出现很久之前便进行着这样的迁徙。阻止他们意味着他们的种族将会灭绝，因为驯鹿不按季节变更牧场就无法生存，而拉普人离开了驯鹿也无法活下去。若不是为了管理的整齐划一，德国人很可能就会阻止拉普人了，但他们明智地没去尝试。在整个战争过程中，拉普人仍然无忧无虑地在芬兰——站在德国一边参战，挪威——站在盟军一方浴血奋战和保持中立的瑞典之间自由流动。

这种独一无二的境况，使拉普人这个群体天生地对战争全然不感兴趣。可能他们中没人知道战争到底是怎么回事。基于爱国主义或是意识形态来向他们求助是没用的。他们与这三个国家的依附关系都差不多，而且他们可能从来就没听说过政治。基于人道主义让他们帮助杨的意义也不大，因为他们并没有赋予人类生命太高的价值。如果一个拉普人双脚失去了功用，就像杨一样，他会意识到自己无用了，而且会希望家人听任其死掉。

同样，如果有拉普人被说动要带着杨去边境，他们会比任何挪威人团队更可能成功。首先，没人限制他们的活动，他们外出远行没有时间限制。其次，尽管他们全然不知罗盘和地图为何物，但他们比任何人都更了解那片人迹罕至的地区。他们可以在冬季最恶劣的天气露天活下来。最后，他们有训练有素的驯鹿拉雪橇，一天内走的路程要比普通人组成的小队自己拉雪橇走的路程远得多。因此，马里厄斯、莱格兰先生和其他参与谋划的人欣然接受这个建议。第一批迁徙的驯鹿将在一周内到达这里，他们可能已经在穿越群山的途中了。来自曼达尔的消息说，卡菲尤尔最优秀的滑雪者随时准备出发，沿着迁徙踪迹前往凯于图凯努的拉普人定居点，大约一百英里远，试着去确定拉普人的位置。消息传回卡菲尤尔，大家认为这个想法很好，让那名滑雪者立即出发。

与此同时，马里厄斯和福鲁弗拉藤人面临的主要问题是要把杨送上高原。与来接杨的曼达尔人小分队约定的见面地点已经确定，是在高原上一处浅洼地，位于雷夫德尔和曼达尔中间。从雷夫德尔这边到那里，先要攀越两千英尺左右的峭壁，然后是一段三英里左右相对平缓的上坡穿过一片露天雪地，见面地点就在大约两千七百英尺高的地方。担架一类的东西应该带上，用来把杨抬上行程第一段的峭壁，而行程最后一段用雪橇可能更容易些。

他们决定试着造一个集这两种功能于一身的尽可能最轻的雪橇。

所有这些讨论以及送信人的来来往往都发生在福鲁弗拉藤和灵赛德有德军驻扎的地区。为了制造雪橇，计划甚至实施到了德国军营里。人们能想到的最好的木匠是莱格兰先生学校里的看门人。学校的房屋早已被征用，学生们已经搬离以给德国地区指挥部的人腾出房子，而守门人仍然在那儿上班，而且仍然可以出入学校原来的小工厂。他答应做这个雪橇，而且他确实做好了，就在德军指挥部里。对德国人的这种无礼冒犯，使每个知道此事的人内心充满了学童般的欢乐。这一精心巧妙安排的唯一缺憾是木匠不能冒险把雪橇组装起来，因为工作时出出进进的德国人肯定会问他做雪橇干什么。然而，他制作的每个部件都经过了精细的测量，完全能保证到时可以丝毫不差地组装起来。这是在一对平常滑雪板的基础上制作出来的，上有一个一英尺高的厚板平台，十八英寸宽，六英尺长。事实证明这位木匠的手艺相当好。雪橇各部件不仅十分吻合，而且经受住了一周又一周最粗暴的使用。

雪橇在马里厄斯上一次去雷夫德尔后的第三天就做好了，所有的计划也在同一天制定完成，只有那个从卡菲尤尔出发去寻找驯鹿的滑雪者还没回来。马里厄斯的三个邻居：阿尔温·拉森、奥拉夫·拉内斯和阿曼达斯·利勒沃尔已经准备好那晚与他一起渡过峡湾去雷夫德尔把杨抬上山。莱格兰先生给曼达尔的那个校长打了电话，用谨慎选择的词语——以防被窃听——告诉对方给他寄的包裹立即就发出。阿尔温·拉森那天下午准备去灵赛德取回雪橇，但就在那天早上，一场雪崩阻塞了福鲁弗拉藤和灵赛德之间的道路。

庆幸的是，雪崩并没有延误太长时间，而且总体而言，这次雪崩对他们的计划是有利的，也间接引发了一件可能应该被称为占领区幽默的事件，当地人一直盼望着出现这样的事。主路位于福鲁弗拉藤村北，在一千英尺高的悬崖下沿着峡湾海岸延伸。杨在群山中迷路时，想要滑雪跨过去的就是这个悬崖。悬崖沟谷中的雪通常会在每年 4 月的最后一个星期掉落下来堵住道路。为了解决这个规律性的问题，福鲁弗拉藤建有一个车渡码头以保证在 5 月份危险过去之前交通畅通。阿尔温 · 拉森早就安排好，若雪橇做好之前发生雪崩就乘船前往灵赛德。而德国人却没有准备好，关键时刻主路突然被堵转移了德军的注意力，他们全然没有注意到悄然发生的这一切。

阿尔温没遇到任何麻烦就到了灵赛德，把船系在码头上。码头上有一个德国哨兵，根本没有注意到阿尔温。他上岸来到学校，从守门人那里拿上雪橇的所有零件，还有一袋螺栓螺钉，听守门人简单介绍了一下如何组装。用绳子系好的几捆木板和一副滑雪板怎么看都是无害的。他带着这些东西，穿过村子来到码头。但当他到码头时，海水退潮了，他的船随潮水下降得很低。如果把这些木板扔到船上，他担心可能会摔坏，而如果他下到船上，又够不到码头的位置。因此，他叫那个德国哨兵帮忙。那个哨兵走过来，放下枪，友好地把滑雪板和几捆木板一件一件地递给他。阿尔温郑重其事地用挪威语感谢了那个德国哨兵，然后启动引擎把船开走了。

Part 11

第十一章　雷夫德尔攀登

那晚，马里厄斯开着帆船再次渡过峡湾。船上装载着登山所需的器具：雪橇，还没有组装的零件，一条六十英尺长的绳子，一个旧帆布睡袋和为杨准备的两条新毯子，两个装满换洗衣物、食品和一瓶白兰地的帆布袋子，以及参与此行的爬山者用的四副滑雪板。

雷夫德尔攀登是搭救杨的过程中两次登山壮举的第一次，也可能是独一无二的一次。和平时期发生登山事故后，要长距离运送伤员，或是从极高处把伤员送下来的时候，通常会出现这样的行动。但是，在极端的冰雪天气把一名伤员运上三千英尺高的山峰，一定是“前无古人，后无来者”。那时，认为杨的生死全仰仗此次攀登的想法激励着大家，要登山的这四个人从未想过失败。但事后当他们冷静下来看雷夫德尔壁立斧削的山峰时，他们十分惊奇当初是如何爬上去的。

那晚到达峡湾远处的岸边后，他们便匆匆走向木屋，焦虑地想看看里面什么情况，因为他们担心又是三天的与世隔绝会把杨折磨成什么样子。但他们发现杨比上次更开心。身体上，杨更加虚弱了。杨样子的变化让十二天前送他到木屋后再未谋面的那几个人触目惊心，因为杨瘦了很多，眼睛和脸颊都凹陷了。但杨的意识比前几天见到马里厄斯时清醒得多，甚至又恢复了昔日的幽默。杨告诉他们他的脚没有恶化，他的脚趾，当然，没法再坏了，但坏疽，据杨说，没有进一步扩散。杨说疼痛还像原来那样，但他们从杨现在能忍受住疼痛这一点可以看出他知道自己没被抛弃。总的来说，杨是那种任何医务人员都不可能让其下床片刻的病人，而且低头看着杨躺在自己的排泄物中，四个人都有些犹疑：这样带杨出门进入风雪之中，还要让他经受翻山越岭的折磨是否合适。所有人都觉得这样可能会致杨于死地，但他们同样确信这是杨逃生的唯一机会。

两个人组装雪橇的时候，另外两个人用两张毯子把杨牢牢裹好，然后连推带拉地把他装进睡袋。雪橇组装好后，他们把杨抬下那张他躺了近十四天的床铺，放在雪橇上，用绳子牢牢地捆结实，使杨一动不能动，只把他的眼睛露出来。他们把雪橇挪出门，放在屋外的雪地上。马里厄斯等四人调整好各自的滑雪板、滑雪杆、绳索和帆布袋这些随身物品，而杨则在这个间隙毫不遗憾地最后看了一眼小木屋，这个他曾预计自己可能会死在这里的木屋。然后，他们抓起系在雪橇上的短拉绳，把雪橇转向那斧削般的山峰。此时午夜刚过，北边峡湾入口处的天空仍然残留着淡淡的晚霞，即使峭壁之下也不是特别暗。气温在零下十五摄氏度左右。

攀登之旅的第一段路被矮小的桦木林覆盖，是从雷夫德尔的木屋径直向上。这段路并不是特别陡峭，还称不上登山术语中的“攀爬”，但在深雪中行进是最令人懊恼沮丧的事，即使对于那些没有任何负重的登山者来说也是如此。这些小树的主干没有胳膊粗，但自远古时代起便在这里没有人类打扰地生生死死，腐烂的枯枝败叶纠缠成厚厚的垫子覆盖在树丛下的地面上，让人无立足之地。树林鳞次栉比，一根紧挨一根，与被大雪压弯或压折的悬垂枝杈交错在一起。一些树木已经死掉，但被簇拥在其四周的树木支撑着仍然矗立在那里。如果不小心把这些树木当成扶手，它们会突然断裂或是倒下。千百年来倒下的树木枝叶一层压一层形成厚厚的弹性陷阱，当平整光滑具有欺骗性的大雪覆盖其上，在这种林地行走必须步步小心时时留意。虽然不太可能走一两步就摔一跤，但摔倒就极可能把腿摔断。

带着杨攀越这样的林地，绝对既需蛮力，又需坚持不懈的毅力。而力量和毅力当然是马里厄斯当初选这三个同伴时已经考虑过的两种品质。阿尔温·拉森又瘦又高，只有二十一岁，但他刚从罗弗敦渔场那所艰苦的学校回来，身体棒极了。阿曼达斯·利勒沃尔年纪稍长，是一个力气大但瘦而结实的小个子，还是一名出色的滑雪者。奥拉夫·拉内斯是他们四人中唯一的大个子。他的双肩健壮如牛，而且不到万不得已从不开口说话，堪称一个强壮的沉默寡言者的化身。至于毅力，四个人都具有典型北极人所特有的坚韧恒久的毅力。

在这种陡峭的深山老林中行进，他们很快发现技巧最管用。两个人扶住雪橇，把它系在树上以防向后滑；另外两人同时带着绳子强行穿过冰冻的矮树丛爬到前面。当上面两个人找到落脚点后，把绳子绕在树上，然后向上拉雪橇，低处的两个人控制方向，同时尽力向上推，雪橇快要侧翻时就停下来，当雪橇被雪堆埋住时就把雪橇和杨整个提起来。他们前进得十分缓慢，林地中很少能有足够空旷的地方允许他们一次把雪橇拉十二英尺。而每次变换落脚点意味着要再次把雪橇系在树上，再次绕上和解开结满冰的绳子。前面开路的人在从来无人涉足的雪地上踏出足迹，他们经常会陷入大雪下面腐烂的枝叶中，而且从这些暗藏的陷阱中爬出来十分困难。他们还没前进几百英尺，便开始担心他们开启的是一段不可能完成的征程。这并非因为他们怀疑自己的顽强和力量不足以完成这项任务，而是他们越来越担心杨经不住这样的折磨。到达顶峰还要很长时间，他们又发现了一个无法解决的新问题，当初没有人预料到：先拉杨的脚还是先拉杨的头这么一个简单的问题。开始他们先拉杨的脚，当然杨的头一直比脚低很多，有时在经过十分陡峭的雪堆时，杨几乎是头朝下垂直倒挂着。杨不能长时间保持这种姿势，更不可能一小时一小时地总是这样。而当他们把杨调整过来，先拉他的头时，血大量流入脚部导致伤口迸发大出血，杨的脸色告诉他们，他正无声地忍受着这种剧痛。但随着攀爬的继续，他们看到杨越来越频繁地陷入昏迷，而只能眼睁睁地看着而无能为力，使这四人更坚信杨坚持不了多久。这种紧急状况与杨看起来对他们的盲目信任交织在一起，迫使这四人孤注一掷地用尽最后的气力继续艰难攀爬。森林中每爬几英尺就会碰到必须得克服的新困难。他们顽强地与每个难题抗争直到最后解决，然后毫不迟疑地迎接下一个困难。他们希望杨能坚持到顶峰，也希望曼达尔人届时能迅速地把他直接运抵瑞典。

最终穿过林地，到达约一千英尺高的位置时，他们不得不休息一下。他们把雪橇圆形的侧面转向山体，把一只雪橇杆插进去以保持雪橇水平，他们自己则瘫倒在旁边的雪地里。杨醒了，他们喂了他一小口白兰地，他们自己则吃了些冰，这时才有机会回望刚才爬过的路。刚才的攀爬已经用了近三小时，现在已经天亮了。黎明的晨光照得河对面福鲁弗拉藤之上的山峰闪闪发亮，他们上方的耶克瓦瑞峰在西边的天际线上熠熠生辉。脚下的峡湾一片宁静，没有任何生命的迹象。山峰的阴影中，寒冷异常。

林木线正上方是一块巨岩险峻的正面，而他们右侧，巨石被一条陡峭的裂隙劈开，其底部是一条溪流冰冻的河床。每次穿过峡湾接近这块巨石，他们都会抬头凝视一会儿，那条裂缝似乎是到达顶峰最可能的路线。从近前更近的距离观察，那条裂缝看起来还是可以通行。要到达裂缝下面他们得穿过一个二百英尺高、大约一百码宽的雪坡。他们必须要穿过去的雪坡表面明亮而光滑，而雪坡底部则消失在森林中。雪坡表面是一层坚硬的外壳，走在上面似乎并没有什么特别的危险。休息好后，他们打起精神开始攀爬那块雪坡。

这是他们第一次尝试带着雪橇爬雪坡，而事实证明穿越这段雪坡如同一场噩梦，就像在梦中走钢丝一样。三个人站在雪橇下方，一人在上方。为了保持雪橇水平同时防止侧翻到山下，在下方的三个人不得不抬着雪橇的外侧滑板，用里侧的雪橇板在雪上滑行。他们极其缓慢地一点一点地行走在雪坡上，一边行进，一边踢出供脚踩的脚窝，而且每次只能一个人移动，就这样一直走到雪坡中间。此时，整个雪坡在他们下面张着令人头晕目眩的大口。这时既不可能停下来，也不可能后退。放在一只雪屐上雪橇太容易滑动了。当他们能把雪橇保持得相当水平时，一切安然无事，但是他们能想到，如果向哪个方向稍稍倾斜一点点，雪橇就会失去控制，或是头朝下或是脚朝下从他们手中滑脱，那么一切瞬间就结束了。在雪坡上踢出脚窝需要相当好的平衡能力，因为没有什么东西可供抓扶，他们也抵抗不住突然而至的没有预料到的外力冲击。如果雪橇滑脱了，他们为了自保只能脸朝下跌，同时把手脚都插进雪里。但他们那时就阻止不了雪橇下落。如果雪橇撞进脚下二百英尺处的树林里，其下落速度将恐怖得难以想象。那时仰面躺在雪橇上被捆得一动不能动的杨，只能看到上面的天空和巨石，而看不到下面的深渊，不过这对杨而言也算是好事。还没到达雪坡另一侧，他们几个人由于用力和紧张已经汗流浃背浑身发抖。好在最终穿了过去，裂缝脚下的坡度减缓了很多，他们再次庆幸地停下来，把滑雪杆插入雪中停好雪橇，放松一下以恢复体力。从那里，杨可以看到裂缝在他们上方直插云霄。

他们抬头细看，才发现裂缝似乎比预料的要陡得多。裂缝宽约三十英尺，两侧壁如斧劈刀削。河床里的雪预示这里随时可能会发生雪崩。但在黎明刚过的清晨时分，西侧壁足够安全。裂缝缓缓地向左侧弯过去，因此他们从底部向上看不到太高的位置。但由于他们已经从峡湾那里观察过这个裂缝，因此知道裂缝内的坡度并未陡峭得连雪都停不住，而且知道它差不多直接通到山上半部分比较容易攀爬的斜坡。穿过这个裂缝肯定十分困难，也可能行不通，但现在他们已经走了这么远，也没有其他选择了。

短暂休息后，其中两个人拿出那根六十英尺长的绳索，一起向上爬，同时踢出两串平行的脚窝供后面两个人使用。在裂缝中，他们首次可以充分使用绳子的全部长度，前面两人没有丝毫迟疑便把绳子迅速放到雪橇上面的雪地上。然后，他们尽力为自己挖出一个深深的站立点，在上面站稳，与此同时，下方的另外两人则把雪橇从固定处放开，然后上面的两个开始向上提雪橇。就这样，第一段漫长而沉重的提拉开始了。

在某种程度上，直接爬坡要比横穿容易些。雪橇的平衡不重要了：它像摆垂一样吊在绳子的一头。但这需要付出更多的体力和耐力。上面两个人站在各自的位置向上拉雪橇，下面的两个人则踩着前面两个人留下的脚窝向上爬，同时尽力从下面向上推雪橇。每向上六十英尺，就需要重新固定一次雪橇，但是滑雪杆无法独自支撑住雪橇，而扶住雪橇累得人筋疲力尽，因此他们中途不敢有片刻停留。

弯曲处上方的裂缝直插入高处的天际线，高得让人毛骨悚然。而裂缝的两侧没有任何可供歇脚之处：没有巨石或石块，两面垂直的侧壁也没有裂隙。

一如此前行程中的历险一样，在裂缝上半部的一个位置，杨险些与死神擦肩而过。当时四个人正处于每个登山者迟早要经历的那种进退两难的极端痛苦阶段：当一名登山者意识到自己体力超支，那时再按来时的原路下山就太迟了，因此他必须要么坚持胜利登顶，要么摔下山去。正是在这个阶段，四个人意识到他们无法再把雪橇放到裂缝底部，也正在此时，他们害怕的事情发生了。一个人脚滑了一下，另外一个人失去了平衡：刹那间，雪橇飞快地直冲下去，而阿曼达斯恰巧在雪橇下方。飞速下落的雪橇重重地撞在他的胸口上，从他身上轧了过去，然而不知怎么回事，他和雪橇绞在了一起，他的身体起到了刹车作用，把雪橇停了下来，也就是在眨眼间，其他三个人再次控制住了雪橇。他们继续向上攀登，而杨由于昏迷并不知道发生的这一切。在余下的攀登过程和此后很长一段时间里，阿曼达斯一直忍着胸部的剧痛。后来得知，好像他的几根肋骨被撞断了。

他们到达了裂缝的天际线，但并不是山顶。裂缝爬完了，他们面前又出现一个结冰的瀑布。冰瀑像一块光滑而透明的窗帘悬垂在那里。这次无论如何也没有希望把雪橇拉上瀑布了。但在瀑布底下，他们惊喜地发现了世间最宝贵的东西：一块突出雪地的巨石。他们用尽最后的气力把雪橇抬到上面，固定稳，这才最终得以休息。

四人围坐雪橇旁边，抬眼望着下一段路。那似乎是最后一段艰难行程，但看起来却是最困难的一段。这块巨石位于由岩石和冰块围成的一个圆形“山谷”或者说是一个碗形的中央，除了有一条狭窄的缺口——他们刚才上来的脚印正是从这里逐渐消失在下面的裂缝中。透过这个缺口可以远远望见峡湾里的海水正在脚下的远处熠熠闪光，还有远处阳光照耀下的山峰。这个“碗”的边沿如同那个冰瀑一样陡不可攀。但紧挨着冰瀑右边有一个可能逃离此处的通道，是一处顶部有冰檐的狭窄斜坡。这个斜坡的锐角表明整个斜坡都是冰，跟那个冰瀑一样，没有雪。但这是爬出这个“碗”唯一值得尝试的路。

实际上，这段坡是整个攀爬过程中唯一一处实际攀爬比看上去要容易的路段。坚冰本来可能会挡住这四人的前进步伐，因为他们谁也没带冰斧，他们用来凿脚窝的是靴子头和滑雪杆头。但先爬上坡的人发现，这个坡是由坚硬的冰晶组成的，这些冰晶可以比较轻松地挖出来，而且可以凭体重踩实。他们有条不紊地开始向上爬，像刚才一样两个人在前面并肩攀爬，开出两行脚窝。这个坡很长，六十英尺的绳子不够用，他们只能把绳子放完后停下来，再次挖出脚窝站好，回过头来向上拉下面的雪橇，这是攀爬过程中唯一可能会出现危险的时刻。还好，这个位置对于攀爬者来说还足够安全。如果他们从脚窝里滑出来，肯定就会失去控制而摔落到“碗”的底部，但受伤不会太重。而杨，被紧紧地捆在雪橇上，如果摔下去，就完全不同了。如果他们失手让雪橇掉落下去，杨的下落速度会更快，头先着地，脖子肯定会折断，但他们再次有惊无险地爬过了这段路。后面两人把雪橇固定在冰檐下面三十英尺的位置，前面两个再次出发，最终爬到冰檐下面，他们用滑雪杆猛击冰檐，直到把一块冰敲落。他们从凿出的这个缺口艰难地爬出来，双脚踏在冰檐之上举目四望。最后，他们终于站在了大风吹积而成的冰冻的高原边缘，前面是平缓的山坡和结实的积雪。

雪橇被拉上冰檐后，四人随即穿上滑雪板，攀爬随即呈现出完全不同的一面。站在滑雪板上的他们感觉自由畅快，跟徒步时的感觉简直有天壤之别，他们也更有能力解决可能遇到的新问题。怎样拉雪橇可以使杨少些疼痛的问题也最终得以解决，同时杨凭着自身正常的适应能力很快从这些人不得已而显得粗暴的搬抬提拉中恢复过来。只有对时间的担心仍然萦绕在他们心头：攀爬所用时间远远超过他们的预期，而且前面还有一千英尺的高度要走，他们已经比约好的与曼达尔人见面的时间晚了很多。杨不必为此担心，诚如不用担心其他很多事情一样。由于出发后他时不时地昏迷过去，因此他并不知道走了多远。

一行人由于担心错过曼达尔人，便匆匆赶路，没再休息。四个人腰间都系着短绳拴在雪橇上，开始以他们在陆地上的最快速度穿越高原。他们没有更多怀疑行进路线。为了到达见面地点，他们必须穿过一个一个浅凹地——这个浅凹地通向雷夫德尔和曼达尔之间分水岭上的一连串小湖泊。此处可以轻松地从峡湾另一侧的福鲁弗拉藤看到，尽管四个人以前都没到过那里，但很熟悉远眺此地所见之景象。离开危险的冰檐边缘后，他们向斜右侧登上缓慢升高的地段。这里地表覆盖着冰，冰的表面则被大风吹积而成的如波浪般起伏的大雪覆盖。

行进不到半小时，天边的浅凹地便映入眼帘。他们爬进凹地，进入一个雪丘形成的小雪谷之中。当雪谷将他们围在其中，峡湾和身后远处的群山亦被阻断，消失在视野之中，他们平生第一次以他们各自的方式，开始感受到荒凉孤寂带来的那种危机四伏的凶险氛围，这种险恶的威胁感，会笼罩在为数不多的在冬季来高原冒险的每个人心头。即便是最不敏感的旅行者，也会被高原的广袤和贫瘠荒凉所震撼。从灵恩峡湾开始，高原一直伸展进瑞典和芬兰，再向东一路延伸到苏联边界，接着再穿过贝柴摩狭窄的低地，向白海和广阔无垠的西伯利亚一路穿越过去。他们清晨时分进入的雪谷只是高原的最边缘，然而一年到头都不会有人看到那种地方。不管谁看到这番景象，特别是当高原被皑皑白雪覆盖之时，都会深刻地意识到远方绵延数百英里的单调与乏味，数不清的天际线一个接一接地出现在眼前，但看起来一模一样；还有无数冰封的山谷和荒凉孤寂寸草不生的山峦。人类从未涉足此地，这是一个死亡的世界，人这种动物的一切纷繁事务均与之无缘。无论是战争时期，还是和平年代，这里都是相同的模样，都会在身陷其中的人类面前成为一个必须小心应对的残忍无比的恶煞。人类的区区肉身在它面前显得如此渺小脆弱，很难战胜如此强大的敌人，它会用狂怒、冻伤以及造成人类失明的暴风雪来攻击你。人们十分清楚地知道，高原可以轻而易举地瞬间致人于死地，不管你是英国人、德国人还是挪威人，也不管你是爱国者还是叛徒。进入这种可怕的环境中，蝼蚁般的四人组沉默地爬行着，身后拖着半昏迷的没有反应的杨的躯体。

当初确定见面地点并不容易，因为高原上任何一个地方都很难与其他地方区分开，而且手头的地图除了标注有轮廓线外，无法提供更详细的信息。但从福鲁弗拉藤可以看到遥远天边一个孤立险峻的峭壁的轮廓，由于再也看不到其他更好的地方，他们只得告诉曼达尔人在这个峭壁的脚下见面。

当这四人登上谷底的一个小台地时，意外地发现他们到达了见面地点。他们前面是一处平坦地块，大约一百码宽，夏季时可能是一个湖泊或沼泽地。远处的山谷再次升高，连接至仍然看不到的福鲁弗拉藤和曼达尔的分水岭，右侧就是那个峭壁。此地相当显眼，是视野中唯一一块裸露黑色的直立岩石。岩石顶部是厚厚的雪檐，如同节日盛宴中蛋糕上的糖霜，他们从峡湾另一侧曾用望远镜看到过。但岩石下面，峭壁的脚下，山谷中，并没有人在等他们。

希望的落空使他们呆立了好一会儿。当然，看到空旷的山谷时，他们首先想到的是尽管他们全力以赴地赶路，但还是到得太晚了，曼达尔人已经走了。但只须查看一两分钟就可以发现，谷底没有任何滑雪板的痕迹。可以肯定，从上次暴风雪减弱至今——也可能数年以来，根本没人到过那里。

他们当时都草率地认为，关于见面地点的说明肯定有问题，曼达尔人可能正在别的什么地方等他们。他们聚拢在山谷中的峭壁脚下，围在雪橇旁边开始紧急讨论。曼达尔人错过这个标志实在太奇怪了，因为这个峭壁比他们当初预想的要显眼得多。最后一丝渺茫的希望从他们心头升起：那些人可能就在附近的某个地方，可能藏在山谷里某个隐蔽的浅凹地。有人建议大家一齐喊一下，他们相当不愿意这么做，打破高原死一般的安静似乎有点鲁莽。他们这么长时间以来一直保持秘密状态，因此有一种荒唐的担心：如果大喊，可能被一些不能信任的人听到。然而他们肯定也知道，听力所及的范围内除了跟他们做同样事情的人之外还有其他人是不可思议的。迷信般地犹疑了一会儿，他们齐声喊了起来。但是呼喊声被厚厚的雪毯抑制，随即消失得无影无踪，而且没有人回应。

随后，他们把杨留在原地，向不同方向分头出发去寻找曼达尔人。在高原上寻找几个人并非看起来那样让人绝望。其实真正要找的并不是那几个人，而是寻找他们留下的痕迹。如果他们一直站着不动，就不会在高原雪地上留下任何印迹，但若一群人滑雪前行，必定会留下数百码外就能看到的痕迹。事实上，如果曼达尔人确实到过高原，那么与曼达尔山谷同方向的搜索是绝对可以发现他们的。

杨被捆在雪橇上，孤零零地躺在那里凝视着天空，他利用这段时间平复未能见到曼达尔人的失望，同时下定决心去接受可能出现的最坏结果。由于他没有参与此次转运的筹划安排，他可能并没有像其他人那样对出现如此明显的失误感到特别惊奇。他觉得自己一直以来对于有人会爬上这里等他并准备将其立即送往瑞典这件事寄予了太高的希望。他从来没有认真地想象自己在接下来的一两天里会安全地穿越边境。此外，经受过被抬上山的痛苦，杨觉得能安静地躺着是最大的解脱，其他一切似乎都不重要了。能平静地躺在这里休息，或许还能打个盹儿，是他真正想要的。他甚至十分高兴能耽搁一会儿，不要马上再次起程。有一事杨十分清楚：不管发生什么情况，即便是为了挽救他的生命，他也绝不接受把自己再次抬下高原。

当四个人陆续回来，不用开口，杨便从他们各自的脸上看出没有找到曼达尔人。阿曼达斯是最后一个回来的。他刚才已经爬过了分水岭，下到了从曼达尔村庄延伸而上的分支山谷的上游，这是他们估计的曼达尔人的必经之路。然而并没有足迹从山谷中出来。为了进一步确信曼达尔人是否来过，他滑雪沿着山谷上游绕了一圈，而且出了山谷爬上分隔曼达尔山谷及其侧谷的一处陡峭岩石。他从那里探身出去俯瞰落差三千英尺下的整个曼达尔，只见星星点点的农舍散布在谷底，但全无生命的迹象。

杨知道这四个人离家送他的时间太久了，已经十分不安全。他们必须得回去，而且要立刻回去，否则他们离家外出的事肯定会被发现，那时他们就完了，而他自己也难逃噩运。马里厄斯和其他三人，从他们的角度而言，他们也知道杨不想再被抬回去的决心已定，把杨再运回去也绝无可能。那会花费太长时间，他们也没有足够的气力这么做。而最终，他们相当肯定，就像杨自己想的一样，他无法活着回到雷夫德尔。

这样一来，把杨留在高原就不需要太多讨论了，现在无论如何也没有其他方法了。这对他们所有人来说都是一个极其痛苦的决定，尤其是马里厄斯，他因没能见到曼达尔人而陷入深深自责。他向杨保证，一到家他就立即把信息传达给曼达尔人，而且尽一切可能确保曼达尔人第二天晚上来高原找到杨。然而马里厄斯做出这样的承诺时心情十分沉重，因为他确实不相信杨在露天条件下能活到第二天。他觉得自己所有的努力都将付诸东流，而他对自己在挪威战争中不作为的自我救赎之希望再也无法实现。

他们要为杨寻找一处可以略挡风雪之地，最后他们发现了一块巨石，风在巨石下的雪地里刮出了一个洞。洞有四英尺深，完全是一个墓穴的大小。他们脱下滑雪板，把杨放了进去，还有雪橇和杨的所有东西，然后解开放杨进洞的绳子。四个人又给杨留了一些他们仅存不多的食物和不到一瓶的白兰地。

最后一个人爬出雪洞后，他们围站在洞边，低头注视着那张正对着他们微笑的瘦削憔悴、胡子拉碴的脸。杨对他们说自己不会有问题，同时向他们表达了最衷心的谢意。这四个人痛恨他们正在做的这事，也不合逻辑地痛恨他们自己竟然做了这样的事。但无论是杨，还是马里厄斯，抑或其他三个人，都不觉得这是逢场作戏。一个接一个地，四个人依次向杨道别，然后转过身再次穿上滑雪板。阿曼达斯是最后一个离开的，他一直记得他跟杨最后的对话，因为这些话听起来是如此地荒唐。

“我们还有什么可以给你留下的吗？”他问杨。

“没有了，谢谢你们，”杨说，“该有的我已经都有了，除了冷水和热水。”

一行四人开始下高原，他们确信，无人照顾的杨必死无疑。

Part 12

第十二章 高原

在莱格兰先生十万火急的信息送抵曼达尔之前，战争并没有对这里产生什么影响。此地对德国人而言并无利害关系，所以他们置之不理，那里平静而且相当原始和赤贫的生活一如平常无声无息地继续着。陌生人很难明白，曼达尔人如何在那么一个与世隔绝的荒凉之地生活和养活一家老小。当然，即便是在今天的欧洲，仍有数百万人在没有任何路将之与文明连接起来的情况下幸福地生活着，而且很多人甚至更喜欢这种生活。然而曼达尔人的生活环境似乎没有任何让人们喜欢之处，男人们去捕鱼，但他们的码头无论是离渔场、公海还是市场都十分遥远。人们也耕种，但他们的土地一年中有八个月被大雪覆盖和被封冻，而且他们所在的山谷面向北：其他面均被极其陡峭的山包围，因此只有当太阳升得很高的时候阳光才能照进山谷。而此地西边不远处，灵恩阿尔卑斯山每年吸引的大量游客为当地带来了大量收入。但是曼达尔没有壮丽的景色吸引游客，因此很多造访此地的陌生人都只是昙花一现。

但是尽管如此，仍有六七百人居住在那里，而且他们不想生活在其他地方。他们十分贫困，但他们的房屋和农场干净整洁，而且他们自己绝不缺乏自尊。他们的房屋散布在山谷中的码头和朝海方向尽头处一家商店之间，约十英里的范围内。一条路把这些房子连接起来，至少会有一辆运货卡车夏季时会在这条路上穿梭，但从来不会开得太远。码头向上一英里半是学校，正是这所学校成为曼达尔人营救杨的指挥部。

小学校长努尔内斯先生是当地人，一辈子生活在那里。他是莱格兰先生培养出来的另一个门徒，无疑这也是莱格兰选择他来组织营救杨的原因。努尔内斯熟悉山谷里的每个人以及这里的一草一木。实际上，这个地方所有年轻人接受的全部教育均来自努尔内斯，他们一直视其为老师。努尔内斯本人正值中年，但对于召集山谷里的年轻人这样的事非他莫属。

接到莱格兰先生的信息并深思熟虑之后，努尔内斯召集几个现在的学生，告诉他们他听到的消息和需要做的事。这些人积极响应。尽管曼达尔长期以来与世隔绝，绝大多数曼达尔人从未见过一个德国兵，或是一艘德国军舰甚至德国飞机，而且数年来从来没听到过关于外面世界的任何真实可靠的消息，但他们与灵恩峡湾西侧的人们有同样的想法：他们到目前为止还没机会展示为助战争一臂之力能做什么工作。努尔内斯不缺乏志愿者。他唯一的窘境，实际上是防止消息传播得太快，避免太多人想参加此次新奇的冒险。然而人们表现出的热情让他很吃惊，因为援助请求传达给这些人时完全无关个人。他们没有要看杨的动机，也不知道杨是什么样的人。听到的消息均是经过三四次转述的。甚至莱格兰也没见过杨，传信的人更没看过杨。认为此人值得他们帮助的唯一原因仅仅是莱格兰这样认为，而且他告诉过努尔内斯，落难的这个人是从英格兰远道而来的。

在如此错综复杂的情况下，作为曼达尔人的第一反应，如果他们不提出带一名伤者前往瑞典并非看起来那么容易，那么他们可能已经超越人类了。他们觉得，特罗姆瑟和灵赛德的人可能没有真正意识到他们请曼达尔人做的事是何等困难。那些人可能只是简单地看了张地图，看到上面的边境线，二十五英里远，然后认为边境线是有瑞典兵把守的某种边境围栏，这些瑞典兵会当场接手并悉心照顾杨。那些特罗姆瑟和灵赛德人可能根本不知道边境线上除了每隔数英里有堆石界标外没有任何东西，以至于过了边境线后你自己都不知道已经穿过了边境，然后你就会一头钻进瑞典那侧无边无际的森林之中，在那里你可能好几周找不到路，见不到人烟，也看不到路。挪瑞边境不设边防仅仅是因为穿越边境的森林太困难了，根本不需要边防。

尽管曼达尔人提出了异议，而且十分中肯地建议说拉普人更有能力完成此行，但他们仍然十分乐意必要时亲自去完成这项任务。而且，不管怎样，他们都愿意在确定的会面地点与福鲁弗拉藤人见面，接手照顾那名伤员。虽然福鲁弗拉藤一直看不起曼达尔的交通闭塞，但曼达尔人肯定会因被请去为像福鲁弗拉藤这种地方的利益赴汤蹈火而感到某种程度的满足。

莱格兰传来第一条信息后的那一周，正是呼啸的狂风把杨困在雷夫德尔的时候，曼达尔人自此再没听到更多关于杨的消息，于是他们继续忙着早春时节的日常琐事。可能刚听到消息时的那股热情已经消退，整件事情在他们头脑中的印象仅仅是送信者一次突然的单独造访。看起来好像组织已经找到其他转运办法，或者那个人已经死了或是被捕了，不会再有人要求他们做任何事了。这让他们大失所望，甚至觉得有点荒唐可笑。

上述情形，即是第二条紧急消息通过电话到达曼达尔时的情况。这消息传达得相当不清楚：努尔内斯要的包裹即刻被发出。这条消息一点也没有告诉曼达尔人福鲁弗拉藤发生的情况，也没有说明德国人是否正在紧急追捕，并且只字未提他们要照料的那个人是否病重。当然了，他们明白，在电话里是不可能说太多的，但这也确实让他们一头雾水。这条消息传递的唯一一层意思是出现了一种紧急情况，而紧急，在那种语境中，是表明德国人行动可疑。

然而，让他们做什么是再清楚不过了，于是努尔内斯先生赶紧把第一个志愿者团队集合起来，告诉他们任务还要继续。这些志愿者都是二十出头，努尔内斯选中他们是因为上学时这些人天资聪明且足智多谋，而且身体健康强壮。努尔内斯本人爬上高原从来不存在任何问题，他不去的部分原因是相比他挑选出来的登山者而言他是年纪大的一代人，而且只会拖年轻人的后腿，更为重要的是，他是曼达尔极少数几个必须在早上准时上班工作的人。这些志愿者仍旧愿意完成这项任务，而且都表示可以在那晚登上高原。从卡菲尤尔出发去找拉普人的那位滑雪信使，还没有传回任何有关拉普人的消息。但他们至少可以照顾福鲁弗拉藤送来的陌生人，直到他们听到拉普人是否到来的消息。每位志愿者都回去做准备了：换衣服，为滑雪板打蜡，打好帆布包，或许还要在出发前小睡一会儿。

恰恰在这个关键时刻，人们发现一艘陌生的船只正慢慢靠近曼达尔。这种情况是极其罕见的，很多人注视着这艘船，有些人在靠近谷底的房子里用单筒或双筒望远镜静静地观察着。当那艘船靠近码头时，他们看到的情景使整个山谷陷入骚动和忧惧之中：船上是一队德国士兵。船抵达码头后，德国兵上了岸。很多知道杨这件事的人急忙穿上滑雪板，匆匆赶往学校提醒努尔内斯先生。德国人到来的消息传遍了整个山谷，所有与努尔内斯讨论过杨的人开始向学校聚集，与他商讨这种不祥的发展事态。

他们都理所当然地认为，德军此番行动与正准备实施的计划有关。看起来福鲁弗拉藤的组织肯定是被破坏了，而且德国人知道曼达尔人也参与了这件事，抑或是组织的高层领导，也许是特罗姆瑟的，已经被捕，德国人准备同时对山两侧的村庄发动袭击。不管怎样，在还没有征兆表明德国人意欲何为之前，那晚登山显得太过疯狂了。努尔内斯先生本人清楚他是外面的人就此事联系曼达尔的唯一联络人，他本人唯一能做的事：告诉所有人待在家里，什么都不要说。而他自己则暗下决心，如若被捕，不管德国人如何严刑拷打，他绝不会出卖这些人。

那晚，曼达尔的居民注视着德国人的一举一动，但德国兵似乎并不急于做任何事。第二拨传遍整个山谷的消息说，这次来的只有六个士兵和一个军士。这似乎表明他们此行是要逮捕某一个人。但后来的流言又说，他们占领了一所房子做兵营，就在码头下面。没人知道他们是只待一晚，还是长期驻扎下去。但很显然，如果要实施逮捕行动，是不可能在夜幕降临前进行的。马里厄斯和他的队友们拉着雪橇爬上雷夫德尔的山峰，然后在高原上找人的那个夜晚，曼达尔村庄的人们没有谁睡得安稳，也许除了那几个德国兵。当阿曼达斯在那个清晨时分从那块峰顶的岩石俯瞰曼达尔的时候，他看到的远处山下沉寂的村舍正因焦虑和恐惧而陷入死一般静寂。

然而那夜一切如常。德国人待在他们的兵营里，第二天早上他们开船出动，开始对曼达尔进行挨家挨户的搜查。总的来说，这缓解了大家的紧张情绪。这说明德国人只是不明确地整体上普遍怀疑曼达尔，而不是明确地专门针对某个人。但这意味着每个人都不能离开自己的家，直到自家被德国人搜查完。而且为了从德国人断断续续的行动中做出判断，只能中止需要花费几天时间前往边境的任何尝试。那时不可能派人乘船前往灵赛德去探听发生了什么情况，甚至给莱格兰先生打电话也可能会招来麻烦，因为他可能被捕了。

整件事在那一天都是迷雾重重。不管努尔内斯和其他谋划者以何种角度看这件事，他们都很难相信数年没有德军驻守后，一队德国兵在正计划攀登高原的那个特殊夜晚突然而至仅仅是一个巧合。然而德国人没采取任何行动，虽然自他们登陆后，看似对搭救杨的计划产生了一些影响，而且似乎表明他们多少知道些情况。

这个谜团，事实上，从未解开。直到今天仍让人难以置信德国人当初去曼达尔纯属巧合。但是，也没有理由认为他们在那个特殊时段怀疑杨被带到了灵恩峡湾的另一侧。德国人最后一次看到杨是他滑雪通过灵赛德，而那差不多是三个星期前了。但可能杨从他们掌心溜走然后人间蒸发似的消失这件事，让当地指挥部的某个人明白，通向边境的路线他们控制得不好，可能别的什么人受到了训斥。被派往曼达尔的多少有点可怜的驻军以及突然出现在灵恩峡湾的摩托艇，可能是收紧边境控制的部分措施，是杨逃走的间接结果，而非蓄意找他。如果有人知道这些疑问的答案，那只可能是某个德国军官。

然而，对于莱格兰先生来说，那晚到达的一个紧急消息使眼下的谜团在一定程度上明朗了。消息是通过一条迂回路线传过来的，但源自马里厄斯。消息告诉努尔内斯，杨被放在高原上的见面地点，并请努尔内斯立即去接回杨。仅从消息被传过来这一事实来看，努尔内斯意识到组织中的其他人没有发生不测，他们甚至不知道德国人已经到了曼达尔。努尔内斯又把他的团队召集起来，想知道这些年轻人认为现在立即出发是否安全。可是还没等他们确定下来，天就开始下雪了。

站在曼达尔的校舍外面，几乎可以看到他们要走的那条通向高原之路的全貌。正如马里厄斯和阿曼达斯预料的，这条路位于从曼达尔南边延伸出来的侧谷之上。这个较小的山谷叫谢灵达尔，“谢灵”这个词的意思是“老妇人”或是“老巫婆”，与曼达尔这个男人的名字相对应。在一片片微光闪闪连续起伏的雪地中，谢灵达尔陡直地拔地而起，春季里的雪崩几乎会横扫整个山谷。但当地人知道有一条爬上谢灵达尔的路可以避开雪崩路线。这条路的尽头是一座很宽的山腹峡谷。从曼达尔看上去，这个山腹峡谷的边缘映在空中，有三千英尺高，边缘处两英里外就是杨躺的地方。

那夜，雪云和大风首先聚集在曼达尔上空，接着，当努尔内斯和他的营救团队正在观望和诅咒这天气的时候，雪云和狂风从南部横扫过高原，冲过山腹峡谷的边缘，然后俯冲进谢灵达尔。风越来越大，云越来越重，暴风雪越来越近，一个个地遮蔽了高处的台地，直到来自谢灵达尔和曼达尔的乌云汇聚在一起，围绕着分开这两座山谷的垂直陡峭的悬崖盘旋。没过一会儿，狂风和乌云就压到了头顶，鹅毛大雪开始落下来，急促浓密无声无息，落在人们正站在那里的谷底。不一会儿，视野所及便只有雪花了。

没有人愿意去想象一个病重之人毫无防护措施无助地躺在处于暴风雪中心的高原之上，但铺天盖地的大雪扑灭了他们当下想去接杨的所有希望。德国驻军也许可以避开，甚至雪天攀登谢灵达尔也不是不可能，但要找到见面地点是根本不可能的。所有曼达尔人都不清楚见面地点具体在哪里。他们只能寄希望于看到福鲁弗拉藤来的消息中描写的那座陡峭悬崖，而在能见度不足几英尺的情况下去找这样一个地方是徒劳无益的，无异于自杀。他们现在束手无策，只能等暴风雪停下来。

大雪整整下了一个晚上和一个早上。第二天，人们在山谷中为生计忙碌，但没人对躺在山顶的那个人抱多大希望。他们或许后悔没在德国人来的那晚登上高原。实际上，他们本可以这样做而不会被德国人抓到，但当时人们不知道。现在，一切全都取决于这场大雪了。他们时刻准备着出现雪小的迹象便动身出发，问题是等他们爬上去的时候那个人是否还活着。

机会终于在马里厄斯把杨留在高原上的第三天晚上降临了。那晚云层出现了裂隙，当地人根据他们对曼达尔天气的了解，断定天气会在天亮之前变晴。四名志愿者组成的团队整装集合。人们已经在监视和注意着德国人，确信他们在看不到的谷底兵营里。看起来似乎一切顺利。

尽管在最好的条件下，在一年中的那个时候攀登谢灵达尔绝非安全轻松之举，但此次谢灵达尔攀登并没有遇到太大的麻烦。努尔内斯时不时会看到那几个人费力地攀爬，小心地选择线路以避开雪崩路线。经过四个小时全程滑雪，他们到达了高原的边缘。诚如他们预料，雪那时停了。他们转向右手边，顺利穿过分水岭，然后向雷夫德尔方向下行。

他们看到那座陡峭的悬崖就在正前方，许多平缓的小山谷和冰冻湖通向悬崖脚下。他们进入马里厄斯他们三晚前到过的那座浅谷，刚刚下过的大雪厚厚地盖住了大地万物。山谷就如高原的其他部分一样荒凉静寂。这里没有足迹，也没有任何此前有人来过的迹象。他们搜索了悬崖的脚下及其上面和下面的整个谷床，但一无所获。他们又在附近的高原上寻找，大喊，但没有应答。他们用两个小时把附近找了个遍，但最终为了在德国人开始每天的入户搜查之前回到家，他们只得放弃，转身向谢灵达尔上游回返。踩着滑雪板滑下谢灵达尔很快，在曼达尔被搅得鸡犬不宁之前他们回到了家。

他们与努尔内斯讨论了当晚的整个寻找过程，唯一能得出来的结论是被留在高原的那个人自行去了某处。他们那时对杨仍然知之甚少。他们听说过杨瘸了，但他们认为杨可能还能自己爬。很有可能开始下雪的时候，他又爬下雷夫德尔那边去找避雪之所。当然，他们头脑中也闪过这样的念头：杨已经死了，大雪掩盖了他的尸体。实际上，他们认为过去三天待在高原上的任何人几乎可以肯定会死。但他们不认为杨可能会死在见面地点附近，因为他们觉得果真那样的话，他们会看见杨的尸体。高原上的那个地方从未发生过雪崩，那里也极少有吹积雪堆，如果杨真的死了，他们会看到很明显的一个盖着尸体的雪包。即便他挖了洞钻了进去然后被雪埋了，那也会在他挖洞的位置留有痕迹。但那里什么都没有。那个人就这样消失了。

德国人出于现实考虑，恰恰在那时完全切断了曼达尔与外界的联系。德国人开始严厉盘问所有被他们发现没在家的人，同时要求说明每个人在哪儿以及正在做什么。在对整个山谷进行如此缓慢而艰难的逐户检查结束之前，他们显然不会让任何人离开村子。努尔内斯也无法派人渡过峡湾通知莱格兰先生这里发生的情况，同样，他也不能打电话。电话总是时不时地被窃听，而在德国人正在搜查的时候，电话肯定会被窃听，或是直接被切断。而且整个谜团太复杂了，没有事先设定好的暗号很难用伪装的语言进行讨论。如果努尔内斯此前能与马里厄斯谈上五分钟，那么现在一切都会变得容易，但他们以前没有过接触，好像生活在两个不同的大陆。除此之外，那时他们也不知道这件事在其他村庄的组织者是谁。他们之间交流的唯一渠道是通过莱格兰，而目前这条联系通道被堵塞了。

在没有外界帮助和建议的情况下，曼达尔人唯一能做的是再次尝试。于是第二个小队于次日晚，即杨被遗弃在高原上的第四个晚上，再次进行长途攀登。他们视之为一次几乎没有任何希望的努力。但曼达尔人以努尔内斯先生的名义承诺要尽其所能，而且，只要那人有一线希望在高原上活着，他们谁也无法躺在床上睡安稳。

这次，当他们到达悬崖底下的山谷时，仍能看到前一天晚上他们在那里留下的滑雪板的痕迹。他们把寻找范围进一步扩大到雷夫德尔那边的高原边缘以及横跨高原的内陆。每隔几码，高原压抑的死寂就会被他们的喊声打破，然后他们侧耳倾听，直到声音再次归于沉寂。

有人决定喊当时分别告诉杨和曼达尔人的暗号。也许是对杨英语培训的回馈，曼达尔人以“你好，先生”这样的暗号让杨确认他们的身份。挪威人通常认为，用“先生”称呼人时可以用单数，如果英语语言没有逻辑，那确实可以这样用。那天晚上，高原上反复回响着曼达尔人的喊声，而曼达尔和福鲁弗拉藤根本没人说英语，所以那里没人觉得这种称呼古怪可笑，除了杨，但他听不到。临近早晨，这个小队开始取道谢灵达尔无功而返。他们下山时，天气开始变坏。

第二次搜救行动明确无误地表明，如若不询问福鲁弗拉藤人，再进行搜救没有任何用处。为了最终了却曼达尔人再次登山寻找杨的念头，老天又开始下雪了，而且那天风越刮越大，最后升级为暴风雪。这种天气比两天前安静地下雪要糟糕得多。在被山峰遮挡的山谷中，气温骤跌，能见度很低，任何野外活动都不可能了。而在高原上，曼达尔人凭借世代相传的经验认识到，任何搜索团队都没有希望在这里找到什么，他们能做的就是全力逆风行进，否则，实际上再过一会儿，他们就只剩下尽力保命了。

但暴风雪也带来了一个有利的影响，它像影响所有人一样影响了德军：虽然在视线模糊的大雪中他们可以出来巡逻，但他们再也无法监视整个谷底了。与此同时，在这场不期而遇的大雪的掩护下，一个滑雪者悄然溜出了山谷，把曼达尔人左右为难的状况传递给了卡菲尤尔的朋友。从卡菲尤尔，经过一天的耽搁——因为要找到一艘能在那样恶劣的天气横渡峡湾的船，消息传到了莱格兰先生那里，他立刻把消息传给了马里厄斯。

这个消息无疑使马里厄斯万分惊骇。消息到达福鲁弗拉藤这里时，正是暴风雪最猛烈的时候，而且已经刮了好几天。这对他而言只意味着一件事：杨在经历了这么多磨难，几度出生入死之后，他死了。从马里厄斯把杨放在高原上那个“雪墓”中跟他说“再见”至今整整一个星期了。这段时间里，由于马里厄斯没听到任何消息，他想当然地认为曼达尔人已经找到了杨，他甚至认为杨已经安全地躺在瑞典的一家医院里了。想到居然到现在还没有人把杨从那个雪洞中救出来，马里厄斯觉得太可怕了。据他本人掌握的北极山区的知识以及从老一辈人那里学来的智慧，他十分肯定，在露天的情况下，在高原上一周暴风雪的摧残下，没人会活下来，也不曾有人活下来过。想到杨可怜的那一点点维生的东西：两条毯子、一个甚至都不防水的帆布包、不足一天的食物，马里厄斯想必会潸然泪下吧。他不敢想象杨在意识到自己的生命快要走到终点时是如何看待他的。

听到消息后，纷乱的思绪使马里厄斯一整天无法安宁。他把这个消息告诉给他能告诉的所有人——这些人都曾以各种方式为杨提供过帮助。他们的想法完全相同：所有的努力居然以这种方式告终，真是太遗憾了，但毕竟每个人都尽力了。根本没人认为杨可能还活着。然而马里厄斯内心深处始终涌动着这样的念头：虽然为时已晚，但他当晚得再去一次高原，不管天气多恶劣，也不管自己被德国人发现和逮捕的风险有多大。他当然没有忘记自己向杨做出的郑重承诺。他当然也知道，如若杨已经死了，承诺已无必要兑现。但他必须要去，即便只是为了自己，也要去看看。他无法接受把杨的尸体留在原地，直到来年春天冰雪融化遗骸暴露荒野。他想知道杨是否给他留下了遗言，或许写在一张纸上，待冰雪融化时就可能毁了。或许就像因朋友去世而陷入无尽悲伤的人们那样，马里厄斯想过去看看杨的遗体，以抚慰自己未能对杨信守承诺的愧疚。不管怎样，无论这样做是否合乎情理，无论此行是否有危及生命的凶险，他知道他要去。

不过，谁会跟他一起去是个问题。独自前往会使危险系数大增：在暴风雪的山上，两个人总归比一个人安全得多。而前段时间与他一同运送杨的那三个人，阿尔温·拉森和奥拉夫·拉内斯又出海捕鱼了，可能因暴风雪滞留在某处海岸，阿曼达斯·利勒沃尔因肋骨骨折现在仍旧疼痛难忍，现在想让他再次登山太愚蠢了。山谷中再也没有其他知道内情的男人了，只有几个女人：他本人的妹妹和母亲，以及与他同去的那三个男人的家人。

奥拉夫·拉内斯有几个妹妹，其中一个叫昂内丝。昂内丝十分了解马里厄斯，也喜欢他，而马里厄斯也喜欢她。听说马里厄斯决意当晚要爬上高原，昂内丝心里相当清楚，如果没人跟他一起去，他只能独自前往。为了不让他冒险，她找到马里厄斯，并坚定地表示她也要去。若是其他任何一个女孩提出同样的想法，马里厄斯可能会毫不犹豫地拒绝。这绝对不是一个女孩子能够应对得了的远征。但是站在滑雪板上的昂内丝跟男生一样优秀，她既漂亮又强壮，而且，也许更重要的是，她是那时唯一真正理解马里厄斯内心深处想法的人，也是唯一赞同马里厄斯应赴此行的人。相对于实际帮助而言，马里厄斯那时可能更需要情感上的认同和支持。昂内丝能同时给予他这两者，他十分感激。加之没有其他切合实际的选择，于是马里厄斯同意昂内丝与自己一同前往。

黄昏时分，他们即将从村子里消失的数晚就等这一时刻的到来。两人登船起程，开始他们最后一次穿越灵恩峡湾前往雷夫德尔的旅程。阿曼达斯与他们一起来了，帮他们划船并在雷夫德尔守船等他们归来。穿越峡湾的过程中风大浪高，行驶中的小船在山中刮来的暴风雪的裹挟中艰难前行，但至少大雪可以使他们躲过德国人的监视。抵达对岸时他们已全身湿透，被冻得瑟瑟发抖，好在都还平安。他们在距雷夫德尔南边半英里远的地方泊好船。昂内丝和马里厄斯上了岸。

这次他们选择了一条新路登山。这条路线对于没有负重的登山者来说，比马里厄斯他们带着雪橇的那次看起来容易得多，但包括几段简单的攀岩，是在狭窄裂缝中，在这种情况下雪橇将会成为令人绝望的累赘。马里厄斯充满爱意和钦佩地照顾着昂内丝，但她并不需要他的帮助。攀岩时，她比马里厄斯要敏捷得多，或许她更急于上到高原看看最坏的结局，这样马里厄斯就心安了。

他们攀登第一段两千英尺的峭壁时十分迅速。但在陡峭的岩壁上，他们或多或少有山体的掩护，而快要爬上高原边缘时，他们从头顶的风中开始听出一种新的声响。从朦胧的夜色中向上看去，能看到雪正吹打着高原边缘。狂风席卷的雪花看上去如同坚硬的灰白色的子弹，带着巨大的冲击力从黑暗中飞速射过来，警告他们危险的攀登才刚刚开始。

当他们最终跨过边缘站在平坦的高原地表时，狂风撕扯着他们的衣服，吹得他们东倒西歪，淹没了他们的声音。空气中充满旋转的雪粒，使他们根本喘不过气来，仿佛要窒息一样。当然，他们两人都穿得很厚实，有防风裤和带帽兜的阿努克上衣。然而大雪抽打在他们脸上裸露的部分如刀割一样疼痛，使他们无法在无防护时面对狂风。马里厄斯向昂内丝大喊着，说他们此举是多么疯狂，当然这同时也是为了安慰自己。而昂内丝已经在解滑雪板了——攀登时为了携带方便而捆在了一起。她把滑雪板滑行面放在雪地上，弯下腰扣上扣带。

从那里到达见面地点的最后三英里是迎风而行。如果不这样，那肯定远非愚蠢那么简单了，因为他们会面临因体力透支而无法返程的危险。他们尽力把帽兜拉低，用手捂住嘴遮挡风雪以便可以呼吸。马里厄斯走在前面带路，因为他认识路。他紧低着头前行，时不时忍着雪打脸的疼痛快速扫视一眼前路。昂内丝踏着他的脚印紧随其后。他们俩谁都无法正常地用眼看，耳边除了风的咆哮呼号什么也听不到。他们已经被冻麻木了。一旦感觉迟钝了，精神上的麻木就无法避免了。他们在这种状态下继续走啊走，一码一码地进入荒原深处，他们只能想着眼前那两步路该怎样走而想不了太远。他们就这样没有思想地顽强向上走，不顾一切，而这通常就是伟大壮举的动力：马里厄斯是被他内心难以抗拒的良知驱使，而昂内丝则被情感共鸣和对马里厄斯的爱所推动。

二人到达悬崖处时，透过迷茫的大雪可以看到悬崖若隐若现地悬在他们头顶。但即便是马里厄斯，也不得不犹豫一会儿才找到当初安放杨的那块巨石。一切都变了，新降的大雪和狂风催生了许多吹积雪堆，吹露出一些原来被掩盖的岩石，也掩盖了一些原来裸露的石头。当初高原上十分显眼的那块巨石，几乎已经被大雪盖住了，而且在那块巨石的背风面，也就是原来那个雪洞的位置，现在被风吹成了一片光滑的雪面。曼达尔人何以什么都没找到的困惑此时解开了：那里不管怎么看，确实什么都没有。然而马里厄斯肯定自己的方位感没有问题，他确信自己找到了那块巨石，而且确信杨不可能移动。因此，杨的尸体肯定深埋在从未被触碰过的雪面之下。他脱下滑雪板，跪在松软的雪中开始刨雪。他徒手把雪扒开。昂内丝蹲在他旁边忍受着奇寒透骨的煎熬。她已经筋疲力尽了。

当马里厄斯挖走三英尺深的雪，剩下的雪塌陷下去形成一个洞，他意识到自己是对的。他把雪清除干净，看到了下面杨那张惨白得瘆人的脸。杨双眼紧闭，头上盖满了白霜。

“别看了，”马里厄斯对昂内丝说，“他死了。”

听到他的说话声，杨动了一下。

“我没死，你这浑蛋。”杨说话了，气若游丝，但每个音节都充满着愤怒。

接着杨睁开了眼，看到马里厄斯那张正低头凝视着他的惊恐失色的脸，他咧嘴笑了。

“你干不掉一只老狐狸。”杨说。

Part 13

第十三章 活埋

没人能讲清楚杨孤独地躺在高原上的数周中发生了什么。事后当他有闲暇回忆这段经历时，记忆是模糊的。他跟其他在重病中的人一样，很难记起当时的事和心情。当然了，事实上他一直病得很重。有些事情和感受他记得相当清楚，但回忆时却讲不出来龙去脉。这些记忆都是孤立的，就像遥远的儿时记忆，他只是朦胧地记得是什么引发了这些状况，或是此后发生了什么事。但他脑海中的绝大数记忆片断，都被那些不时来高原探访他的人以这样或那样的方式得以确证。总的来说，十分奇怪，独自待在高原期间他竟然没有觉得无聊。曾经有人问他是如何熬过那段时间的，他说他一生中从来没有像那段时间那样忙。然而，至少有一件事是相当肯定的，那就是这段异乎寻常的磨难持续的时间。他躺在雪中的睡袋里至少二十七天，从 4 月 25 日夜，马里厄斯把他送上高原，到 5 月 22 日夜，他们绝望地想把杨带下高原。

第一周，在“雪墓”里，从某些方面来说是最糟糕的一段时间，部分原因是他并未像后来那样习惯那种生活方式，此外是因为他不得不认为——这是第二次——他的朋友抛弃了他，或者把他弄丢了，或者他的朋友们都被杀害了。他没想过自己能活着再从这个雪地墓穴中出来。

一开始，杨觉得能够静静地躺着十分宽慰，因此他在向马里厄斯和另外三个人告别时，根本没有担心自己会再次孤单地待那么久。他安心地躺在雪橇上的睡袋里，一侧是雪墙，另一侧是岩石，上面是一小方天空，他认为自己会睡着。但很快他的这种心满意足便被寒冷驱赶得无影无踪，雪洞冷得他根本无法入睡。在攀爬过程中睡袋和毯子早就湿了，在雪洞里潮湿的睡袋和毯子被冻得硬邦邦的，而且在他躺在雪洞里的这段时间里，睡袋和毯子一直是湿冷或冰冻状态，杨立刻意识到一种情况——在接下来的几周里一直使他备受折磨：他根本无法睡觉，因为总是被冻醒，而且他必须得在毯子里不停地挪动以防再次被冻伤。最好的时候，他也只是不舒服地打个盹儿。

除了寒冷之外，把雪橇当床十分不舒服。制作雪橇时让头部从狭窄的雪橇板中突出出来而中间留有空隙是个错误。在他的身体和这些木制短板之间，除了衣服之外，只有两层毯子和一层帆布。而且由于他得不停地挪动身体，因此没过多久他的整个后背和两侧就出现了溃疡，这就使他更不舒服。

在最开始的两天一夜，开始下雪之前，杨一直想象着，在偶尔传来的高原飒飒的风声中能听到滑雪板发出的“嗞嗞”声。有时他会对自己觉得存在于周围的人大声喊叫。但这并不是当初他在雪崩后产生的那种幻觉。在高原上，他的头脑相当清醒。或许那些声响是小雪球滚过他上面悬崖脚下光滑的雪面发出的。

天开始下雪时，是杨躺在雪洞中的第二个晚上，他意识到自己被找到的可能性微乎其微，至少得等到雪停。与此同时，另外一个忧虑森森袭来，由于差不多也在这个时候杨吃完了他们给他留下的那点食物，他开始忍饥挨饿了。

那时他不停地挪动加之身体的热量已经在雪中形成了一个洞穴，雪橇比原来陷得更深了。新降下的大雪很快盖在他身上。他可以扫掉脸上和头上的雪，但在那个逼仄的小洞里，他无法清除落在身上其他地方的雪。雪慢慢落满了他的躯干和腿，到最后不能扫走的雪逐渐加厚，支撑起一个隧道样的洞穴，他被裹在其中。几个小时之内，他还能让头上的雪洞通向地表，可以清楚地看到上面的天空。但是头上的雪离他越来越高，到最后他用力伸长胳膊也够不到眼前的雪了。就这样，雪堵住了他上面的洞口，把他活埋了。

杨被大雪活埋了四五天。至于是什么使杨被雪埋后仍然活着，是个无人知晓的秘密。并不是希望，因为那时他没有任何希望，而且也绝非通常被认为对人生命至关重要的任何物质条件。或许将其幸存归因于他顽强地不愿死在这种可憎的环境中更接近真实吧。

杨平躺在雪中一个狭小的洞穴中。他身边和上部有几英寸的空间，头部上方的空间超过一英尺，但空间不足以让他收起双膝或是伸手摸到脚。一缕昏暗的光线透过雪层照射进来，如同海面下的阳光。杨呼吸不成问题，因为他上面的雪新鲜且松软多孔，但是他躺在那儿总是担心雪顶会塌落下来，压住他的胳膊，盖住他的嘴，使他窒息。

他完全能想象得到，这么大的降雪使高原地表发生的变化，而且他也清楚，即使曼达尔人确实来找过他，他们也很难找到，只有等到夏季雪融之后他曝尸荒野。当然，他知道自己不可能活到那个时候，因为在雪融的第一阶段雪会变得密不透气，他会一点一点地慢慢窒息而亡。

这期间，杨仅剩下的能带来身体舒适的是酒瓶中残留的那一点白兰地。当初留给他的时候就所剩无几，但由于杨相当虚弱和饥饿，不到一小口的酒就足以使他微醺了。食物吃完后他用这点酒维持了一段时间。当饿得忍无可忍的时候，杨就想那个瓶子。他会有意拖延几个小时倒出一小口酒，这样他就可以享受那种盼望着一股温热流入喉咙的期待。当他最后抓起弥足珍贵的酒瓶，虚弱无力地艰难拧下软木塞，在促狭的雪墓中努力把瓶子倾斜到嘴边，那一点点纯酒会使他不那么疼痛，也会让接下来的一两个小时更容易熬过去。间或，活埋在自己的坟墓中还能享用一瓶酒的幽默感会袭上心头。但是瓶中只剩最后一匙酒的时刻当然不可避免地会来临。这一点酒，他几乎视之为是他与生命唯一联系的纽带而加以保存，当马里厄斯救出杨时，那点酒还保存在酒瓶里。

被埋在雪里有一个好处，虽然这也使得曼达尔人没找到杨，并因此险些断送了他的性命，但作为补偿，埋在雪里也保护他免受地面上发生的一切状况的影响。如果他暴露在地表，雪后的暴风将会置他于死地。但在他的“坟墓”中，杨既听不到曼达尔人的呼喊声，也感觉不到外面咆哮的狂风。虽然外面寒风凛冽，但雪中的“小房间”总是那么静寂安宁，而且温度一直很稳定，保持在零下几摄氏度的样子。

因此杨躺在那里，而日夜则穿梭而过。那时他还没有沉溺于做白日梦，或是像在雷夫德尔的小木屋那样进行哲学思考。他的大脑完全被现实生存的点滴琐碎所占据：要保持移动以防被冻伤，尽力减轻脚和后背溃疡的疼痛；尽力保持身体清洁这项不可能完成的工作；要防止雪屋顶塌落下来，要防止白兰地瓶子倒了。每一种这样的事都成为连续花费他数小时的有趣活动，而且每一件事都成为他有意识地努力不想死的挣扎中重要的组成部分。他又给自己增加了任务，比较有代表性的是清洁仍然戴在枪套里的左轮手枪。当所有这些都做完的那一刻，他感觉自己又摆脱了几分钟死神的纠缠。杨有时把死亡看作在身边逡巡的一个活生生的生灵。他左右躲闪着这个生物的疯狂猛扑。每次躲过它的进攻，他都会为自己感到自豪。他绝不会张开双臂迎接死神更为悲悯的步步逼近。

当马里厄斯挖开杨头顶上的雪时，他正在打盹，杨是在睡梦中听到马里厄斯的声音的，就像他以前经常在朦胧中听到声音一样。在梦里，他被那个说他死了的声音激怒了。在杨一直全力以赴与死神搏斗的时候，马里厄斯说他在这场战斗中失败了，这样的话太刺激他了，因此他坚决否认。当杨睁开眼睛发现是真的：看着马里厄斯瞪目结舌的样子，杨笑了，在半昏迷的状态中，他大声说出了一直在他脑海中萦绕的那句挪威谚语："你弄不死一只老狐狸，你知道。你不可能杀死一只老狐狸。"

"死人"发出的声音，实际上确实把马里厄斯吓得魂不附体，过了好一会儿，他才缓过神来。强烈的宽慰感使他心跳加速，但随之而来的是，他预见到杨活过来后会出现的各种后继问题。杨本人到那时全然不会对发生的任何事情感到吃惊：当他看到马里厄斯旁边头戴帽兜但显然是女性的一张迷人的脸正低头看着自己时，并没有感到特别奇怪，尽管他很开心。马里厄斯和昂内丝挖走更多的雪，直到马里厄斯能爬进那个雪洞，并在杨四周清理出一些地方，以便他可以多一点自由移动的空间。马里厄斯随身带着食物，更多的是为了应付不时之需而没希望派上用场。他给杨喂了一些面包和鱼肉，同时给他解释曼达尔人如何努力来高原找他。马里厄斯还带来了更多的白兰地和一些烟草。杨吃不了太多，但很想抽烟，于是马里厄斯给他卷了一支，在杨点烟时他蹲在旁边给他挡风。

吸烟的当口儿，雪花纷纷飘进洞里，大风在头顶上灰白昏暗的天空中号叫着。杨差不多恢复了过来。这些天来是杨自认为被遗忘了的想法使他跌入最低谷。现在他本人的苦难已经初步结束了，这时他注意到昂内丝的状态相当可怕。实际上，昂内丝那时已经被冻得几乎说不出话了。当杨意识到昂内丝正在遭受暴风雪的折磨，同时也是为自己着想，他坚持让马里厄斯他们两人在还有气力的时候立即回去，赶紧下山回到峡湾。

马里厄斯本人知道留下来也于事无补。他唯一能做的有意义的事是下山，然后确保尽可能快地从山这边或是那边找足够多的人组成小团队把杨从现在的位置转运走。来自曼达尔的消息说，只要天气允许，他们会尽快再次登上高原。马里厄斯把这个消息告诉了杨。同时为了确保曼达尔如果真的来了可以找到杨，马里厄斯撕下一块布绑在滑雪杆上做了个旗子，插在雪洞旁边的雪地里。就这样，跟杨待了仅仅半个小时后，他们再次把杨留在高原，只留下那个作为标志的孤独的旗子在杨头上的暴风雪中胡乱地飘动。

跟以前一样，马里厄斯的良心不断拷问自己是否已经尽人力所能，但这次他不得不向自己承认他没有做到。仍有微乎其微的可能，曼达尔人此时此刻正在来高原的路上。天气状况确实一点没有改善，但他觉得他应该待在杨那儿，仅仅是为了曼达尔人可能选择那晚来找杨时，确保他们能发现那个旗子。他浪费不起等待的时间。唯一能迅速确定此事的方法是继续向曼达尔前进，看他们是否要来高原。因此，他和昂内丝没有转头顺着风向下山回雷夫德尔和家，而是再次迎面步入暴风雪中向着分水岭的方向攀爬。

在那种极端恶劣的条件下，这是一种舍生忘死的勇敢之举，此举诚如很多英勇可敬的行为一样亦有些鲁莽。昂内丝心甘情愿地同意马里厄斯提出的这个想法，但结果险些导致她丧命。他们到达了分水岭，途中每一步都在与大风搏斗。爬上分水岭后，他们迷路了，但瞬间闪现的清醒救了他们一命。他们继续艰难前行，正好翻越到谢灵达尔前端山腹峡谷的边缘。这里有一小块孤零零的石头，天气晴好时从这里向下望，可以清晰地看到曼达尔谷底。马里厄斯紧贴在这块石头的背风面凝视着下面深深的山谷。这是曼达尔人走出谢灵达尔山谷攀上高原的必经之地。但是那晚，尽管当时有光，但透过扑面而来的大雪，他只能看到山谷下面几码远。视野中没有人。正当他在边缘搜寻时，昂内丝在他后面的岩石旁倒下了。当马里厄斯发现并警觉地转身走过来时，发现昂内丝已经昏了过去。

在那种情况下，他们两人的性命全依仗马里厄斯能否救活昂内丝，因为他绝对不可能离她而去。他用最极端的方式开始抢救昂内丝。他猛烈地摇晃着她软弱无力的身体，打她，扇她的脸。马里厄斯相信，后来他说，不管怎样，至少这可以让她愤怒，而生气会改善她的血液循环。不管是不是这种方法起了作用，至少这样做确实把昂内丝唤醒了。一看到她有了生命迹象，马里厄斯立即把她拉起来，半拉半扶地转身出发，决心无论如何，都要让她保持运动。

幸运的是，顺风走绝对要比逆风行轻松得多，而且他们跨过分水岭再行一英里后余下的路都是下坡。同样幸运的是，尽管攀爬和寒冷耗尽了昂内丝最后的体力，但她还有无尽的意志。很多由于暴露在风雪中而失去体力的人甚至会失去意愿去配给那些试图挽救他的人。如果昂内丝在马里厄斯拉她或是打她的时候拒绝这种粗暴的处理方式，抑或她屈从于隐藏内心深处的想放弃的那种诱惑，他们谁也不会活着出现在人们面前。但是这个女孩具备的那种坚强的北极人特质促使她继续走，而且这种特质也最终使他们成功抵达雷夫德尔上游，然后步履蹒跚地走向岸边——那里阿曼达斯正守着船等他们。

攀爬并未给她带来肉体上的永久伤害，但杨躺在那里的情景将萦绕她心头多年。正是那种恐怖的惨状使昂内丝在看到杨时想，他已生无可恋，死了也许会更好。

Part 14

第十四章 边境上的努力

当消息抵达曼达尔，说杨还在高原上而且还活着，他们开始最后一次准备等暴风雪减弱后立即全力以赴送杨到边境。最近这些天，他们根本没有打算再次尝试登上高原，因为当他们透过狂风吹舞的大雪仰望隐约的崇山峻岭时，觉得在高山之巅，在比谢灵达尔顶峰还要高很多的地方有人还活着是不可思议的事。但杨那时还活着的事实完全值得他们再次尝试去救他。准备工作显得异常残忍：这些人知道他们极有可能再也回不来了，因为高原上的暴风雪，还因为可能会迷路或是被瑞典方面扣留。但是如果一个病人能够在高原上活下来，而四个健康的男人无法将其转运到安全的地方，这会让他们蒙羞。

让拉普人来帮忙的计划落空了，至少暂时如此。那个从卡菲尤尔出发去找拉普人的滑雪信使已经回来了，刚好躲过最恶劣的那场暴风雪，而他带回来的消息却让人十分泄气。驯鹿仍旧停留在比通常往年这个时间远得多的地方。他往回沿着拉普人的迁徙轨迹穿过高原到达东南部超过五十英里的地方才看到大片鹿群，驯鹿停在那里刨着雪寻找下面的苔藓。他要找的拉普人就驻扎在鹿群中的鹿皮帐篷里。

后来人们批评他没有考虑到拉普人的古怪心理。当他在坐满妇女和儿童的帐篷里坐定，便开始跟拉普人商量杨和去边境的话题。拉普人就是不说同意还是不同意。他们很友好，拉普人一直是这样，但他们丝毫不会表露是否愿意去做甚至是否真正明白别人请他们做的事。熟知拉普人的那些人事后变聪明了，说拉普人从来不会在家人都在场的情况下做出任何决定。

拉普人的心理思考过程一定相当奇怪，他们似乎不知道如何表达意见。对于他们经验之内的事实问题，他们会相当武断而且头脑清晰。但对于可能的事他们就思考不了，若被问及某事是否可能发生，他们真的会很糊涂，而且会认为这样的问题很愚蠢。人们讲了一个挪威旅游者的故事，此人想去钓鲑鱼，于是问一个拉普人觉得他能否在当地一条河流里钓到。这个拉普人——相当了解这名游客，摇了摇头，叹了口气回答说：“唉，我有时确实觉得你们挪威人很愚蠢。我怎么可能回答那样的问题呢？那条河里确实有很多鲑鱼，但你为什么认为我知道你是否能钓到呢？”

这个奇怪的局限性，自然使拉普人很难下决心做什么事。当有一个需要立即行动的问题时，假如是与驯鹿有关的事，或是在北极地区艰难求生的技巧问题，拉普人可能比任何人都精明。他们会提前考虑无法改变的自然循环、太阳的升起和落下以及鹿群的移动。但对于其他事情，他们完全不擅长提前规划。

因此向卡菲尤尔拉普人提出的这个问题可能是他们不能回答的。那个滑雪信使没有让他们马上就来，因为他知道拉普人离不开他们的驯鹿，而且鹿群是不能急行的。他提出的问题是，当他们赶着鹿群到达卡菲尤尔时能否帮助杨，但这个问题对拉普人来说遥远得没法考虑。这个问题可能使拉普人的思维陷入不可能预测的泥潭中。无穷无尽的没法预估的计划会让他们困惑不安：他们的驯鹿可能会生病，天气可能很糟，他们自己也可能生病：任何事情都可能发生。那种情况下，实际上，除了保证到时会尽力而为外，任何人不会做出更多承诺。而且对于一个拉普人来说，他或是无法思考如此模糊不定的情况，或是无法用语言表达。他的回答必须精确且不夸张。拉普人只可能明确地这么说："我到达卡菲尤尔后，我将带一个人去瑞典。"而这样说会很荒唐。毕竟，拉普人会推理，到那时那个人可能已经死了。那样的话，如果他曾说过要带那个人去瑞典，则会显得荒唐可笑。

因此目前这个计划搁浅了。卡菲尤尔人仍旧侥幸地希望第一批拉普人到达那里后能说服他们做这件事。但拉普人的迁徙已经晚了，而且暴风雪还将持续更久。三四天内不会有鹿群到达那里，至少，得等到天气变好之后才行。曼达尔人觉得这样等得太久了，更重要的是拉普人同意帮忙的希望比较渺茫。

实际上，暴风雪在马里厄斯和昂内丝攀上高原之后的那天就变小了，于是在接下来的那天晚上，第三组志愿者攀上了谢灵达尔。他们随身带上了远行所需的一切能带的东西，但是曼达尔人没有适合在冬季高原上宿营的设备。而拉普人，虽然他们原始，但他们的装备绝不仅仅是合适，有兽皮帐篷，带鹿毛的鹿皮衣服，以及几个世纪以来在极地气候最恶劣的时候进行野外活动积累的经验。事实上，文明社会最精良的露营设备也不可能比拉普人的设备——全部家庭制作，由驯鹿的多个部位做成——更适合极地高原地区，而且曼达尔人能找到的最好的露营设备也远远谈不上精制，甚至没人有帐篷和在风中能燃烧的炉子。因为在曼达尔人的记忆中，从不需要进行这样的冬季之旅。而在像曼达尔这样的地方，人们从来不会把时间浪费在幻想得不到的东西上。他们会用手边的东西凑合着用。他们只能希望天气不要太坏。

那晚，见面地点刚入视野，他们就远远地看到了那个旗子。他们踩着滑雪板急忙向那个方向奔去，同时高喊着暗号："你好，先生！"这是杨第一次听到这么滑稽可笑的招呼，他大喊着回答道："你们好，我在这儿！"不一会儿，杨孤独的"坟墓"四周围满了殷勤的陌生人，他们七手八脚地把雪墙扒开，把杨连人带雪橇一起拉出了雪洞，拉进杨一周没有看到的世界，一个杨从来没有期望能再看到的世界。

团队中以前曾到过那里的人都很惊愕当时居然没有发现杨。他们认为实际上他们是在杨被雪埋住的地方从他头上滑过去了。这也不是没有可能，尽管杨从未听到他们的声音，那是因为四英尺厚的雪吸收了很多声音，而且杨的感觉可能并没有他认为的那样敏锐。

除了向杨解释要做什么外，他们没有浪费更多时间。他们再次把杨捆在雪橇上，义无反顾地踏上穿越高原的征程，向瑞典边境进发。当他们攀出山谷时，他们满怀希望，因为他们没怎么找就发现了杨。即便是杨——已经学会了不再奢望什么，也为能再次起程而谨慎地开心，情不自禁地想距离瑞典还有多远。

但从一开始，他们的行进速度就极为缓慢。高原，对于人拉雪橇来说，远比北极或南极平坦的冰面要困难得多。高原上没有平坦路段，其上布满小山包和山谷。几乎每座小山都不会高出山谷一两百英尺，但人总是在不停地上山或下山。对一个滑雪者来说这不是障碍，因为他爬山浪费的时间可由下山时自由滑下来弥补。但是雪橇是永远不能急行的。拉着雪橇上山很慢，而下山时还得控制速度以防失控。无论上山，还是下山，都很累人。有一次，雪橇真的在下坡时滑跑了，捆在雪橇上的杨连同雪橇一起疯狂地冲下了山，脚向下被紧紧捆在雪橇上的他十分无助。幸亏坡比较光滑，雪橇没有翻，而当雪橇停在底部一块平坦的雪地上时，紧随其后追了上来的滑雪者则累得上气不接下气。

低矮的小山毫无规则地、杂乱地聚集在一起，如迷宫一般，使人失去方向感。他们不可能保持直线行进。也许最好的导航方法是看太阳，但当时天空阴云密布，在那样的一天，人们只能走几分钟便停下来确定方位。在开阔地区，人们通常可以将前面两三英里远的地标作为定位依据，然后向着它走就行了。但在高原上，人们几乎看不到前方多远，而且也极少有可以辨别的地标。如果碰巧在山顶上看到远处天际线处有一块很显眼的岩石，但进入山谷就看不到了，而且在到达那里之前，那块岩石好像消失了一样。只有一种方法可以避免偏离路线，那就是在每个小山顶或山脊上停下来，根据下一座山上雪里的石头或是坑洼来定位，可能只有一百码远。这样做需要时间，而且需要极大的耐心。

这四个人拉着杨无助的身体，在雪地中一点一点向前爬行，慢慢消失在无尽的荒原之中。他们向着南方瑞典的方向前进，无穷无尽的小山不断地出现在眼前，带来无尽的困境，好像是一张无法穿透的网。在寻找突破这些小山的出路的过程中，他们并没有像普通登山者那样有视线不佳的担心。虽然距太阳昼夜出现在地平线上还有十四天，但光线很亮，足以使这个小队夜间继续前进。此行唯一的问题是他们本身的耐力。他们迟早得睡觉休息，而如此之差的装备使他们没寄希望能睡个好觉恢复体力。第二段行程虽然比第一段短，但睡过一觉之后会更慢。第一段行程的速度极其缓慢，导致新的危险森森逼近：到达瑞典前他们就会耗尽体力，而且到了瑞典后由于走得太远，他们无法再回家了。

因此，他们满满的信心在前进途中开始消退，开始让位于渐增的担心：他们正在尝试一件完全超出他们能力的事。他们谁也不想做第一个承认失败的人，因此在失去希望之后他们又前行了很远。最终把犹疑化为绝望的是天气。早上又开始狂风大作，雪云开始堆积，南方的天空开始变得阴沉昏暗。晚间天气好转看来只是暂时的间歇，暴风雪似乎又要开始了，而且看起来可能如以往一样猛烈。他们停在一座小山顶上，那时他们已经拉着雪橇连续行进了六个小时，这还不算攀登谢灵达尔的四个小时。没人知道他们已经走了多远，但前面肯定还有很远的路要走。大家无须商量便不约而同地做出了一个都不愿接受的决定。他们彼此间几乎没说一句话，便调转雪橇方向，开始向曼达尔返回。

在疲倦而绝望的长途返程中，暴风雪确实从最远处的东面再次卷土重来，返程的决策最后证明是正确的。往回走的同时，狂风几乎紧随其后，而如若向南逆风而行则寸步难行。

当他们最终到达曼达尔山谷陡峭的边缘时，他们发现所处位置比当初出发时的地点要高很多。这仅仅是因为在高原上设定路线十分困难，但这也有好处。从他们所处位置直接下到村里可以避开谢灵达尔——那里随时可能发生雪崩。再劳神费力地返回他们发现杨躺的地方没有任何意义。

如何安置杨的问题再次摆在他们面前。杨还记得被拉上山的痛苦经历，因此他不愿意再下山。除了疼痛之外还有方向颠倒带来的极端不适。此外，他能看得出曼达尔人实在太累了。他们全力以赴行进了大约十六个小时的样子，再让这些筋疲力尽的人在暴风雪中千辛万苦地把他抬到下面的山谷，不言而喻所有人都会冒很大风险。他们四个人认为，如果杨能在高原上再待几天，他待在这里确实会更安全。最终，杨决定留下来。

他们为杨找了另一块可作为标记的岩石，然后把他拉到岩石脚下。他们把杨从雪橇上解开，将他们多余的食物放在杨身边，然后为他建了一个雪墙来抵挡大风。他们只能为杨做这些了，而实际上这也是杨最需要的。做完这一切，他们向杨保证会再上来看他，然后转身向山下的村庄方向出发，很快便消失在迷茫的大雪之中，杨再次被独自留在了高原。通过这一整天的行程，杨离瑞典比出发时近了两英里。

Part 15

第十五章　最后的责任

杨在那堵雪墙和岩石之间躺了近三个星期。从某些方面来说，这里比那个“雪墓”要好得多：尽管看不到雪墙外面四周的情况，但他可以看到更大的天空，而且这次有足够宽敞的空间任由他挪动。但从其他方面看，这里则要糟糕得多：此处受天气和大风的影响更大，也更容易受到昼夜温差的影响。当初在“雪墓”中的时候，气温一直保持在冰点以下一点。而在露天的情况下，当太阳劈云而出时，温暖的天气会融化他的睡袋和身边的雪，使他浸在雪水中，而当晚上太阳沉入北方的地平线时，他的毯子和衣服又冻得结结实实。尽管这种情况极不舒服，却一直没导致他生病。这种条件足以使人患肺炎，而杨甚至连感冒都没得，因为在高原上没有这种人类疾病的病菌。

他们走的时候给杨留下了充足的食物，而且每隔两三天就会有不同的救援小队从村子上来给杨送必需品。那些食物没有哪种让杨觉得吃起来很美味，特别是反反复复冻了又化之后，而且他没有炉具来蒸煮这些食物。但是，人还是可以在没有烹饪这类精制食物的条件下生存的，而且杨对现在的一切已经感激不尽了。他身边有干鱼、鱼肝油和面包。问题是面包湿了或是冻了之后是不是已经坏得不能吃了。还有一些奶粉，但必须跟水混合才能吃。他得把雪握在手里花费数个小时才能把它化成水，然后滴到留给他的杯子里，再把奶粉搅到里面。后来，当冰雪正式开始融化时，他身边岩石上的冰锥开始滴水，他把胳膊完全伸开正好可以把杯子放在滴水的地方，然后他就躺下来看着，数着慢慢滴下来的水滴，着急地等待着冰锥尖端上每一滴闪动着晶莹的水滴落下来。有时当杯子底还有一点水的时候，落下来的水滴会溅出来，一滴水差不多有一半都浪费了。当他觉得虚弱无力时，那简直是一场灾难，那时他会无力地愤怒地诅咒自己。但最终他想到把雪堆在杯口处，这样滴下来的水就透过雪进到杯里而不会溅出来。接满一杯水往往需要数小时，而把奶粉搅到冷水里的最终产物相当难以下咽，但这可以使他保持体力，他把喝这种东西当作是自己的一份责任。

在那段孤独的日子里，有时在疲于忙碌那些琐事的间隙，杨还有精力自嘲曾经的自己和现在只能维持基本生存状态的自己之间巨大的反差。回首过去，战前的生活以及后来在军队中的生活，似乎一直郑重其事甚至还有点过于讲究。想到当初一度为自己的外表感到自豪真是滑稽，选择领带似乎都觉得很重要，裤子熨烫得展展的，发型要保持整齐，甚至还要经常修剪指甲。在雪中费力寻找一块面包皮使杨不禁想起曾经有一次在奥斯陆一家餐馆里因为桌布上一点咖啡污迹而发牢骚，当他换了一台干净桌子时服务生是多么地愧疚。这似乎很重要，实际上，这曾经对那个时候的他很重要。如果那时候的那个他能够看到现在的这个他，眼前的情景会让那个他感到恶心。他已经数周没洗脸，没刮胡子，没梳头，也没换衣服。他已经污秽到衣服都跟身体黏在了一起，而且臭气熏天。然而，幸运的是，最近几周发生在他身上的事改变了他，杨不再在意自己的肮脏。所发生的一切不仅仅使他肮脏、生病、憔悴虚弱，还有腿瘸，更从根本上改变了他这个人。这种改变如此巨大，使他很难认出仍然在那个虚弱恶心的躯体内摇曳的生命火花是他自己。杨清楚地意识到，如若能熬过这些劫难，他将脱胎换骨，判若两人。他认为自己可能会失去双脚，但他的人生体验会倍增。杨觉得自己以后再也不会烦躁了，他将会一直保持平和宽容的心态，优雅生活中的任何一点瑕疵都不会再使他愤怒。此番征程开阔了心胸，杨想，随后他放声大笑起来，因为高原真他妈的太寂静了。

那些天里，每当他打盹的时候时常会梦到狼。这是他被置于高原的第一周里出现的恐惧心理，虽然以前没人告诉他这里有狼，但这里的人告诉他确实有。狼有时会攻击驯鹿群，拉普人则要滑雪跟狼连续作战。狼很少攻击人，即使是孤单的一个人也很少会被狼群攻击。但没有人确定早春时节经常处于饥饿状态的狼会不会攻击一个孤立无助的人。曼达尔人十分认真地考虑过这种危险，警告过杨，还给了他一根滑雪杆用以自卫。后来，当他们意识到一根滑雪杆对杨并没有什么帮助，因为他连打一只兔子的力气都没有，他们给杨带上来一些树枝和煤油，这样当狼靠近攻击他时可以点燃树枝。当然他有一只手枪，但里面只剩三发子弹，杨说他要留着对付比狼更大的猎物。杨觉得害怕一只动物挺可笑的，哪怕是害怕一群动物也很可笑，因为就人们告诉他的情况来看，还不知道这些动物到底是否真的吃过人。然而想到这些，还是会让他感到紧张。在被告知有狼之前，他只是在与高原无生命的力量抗争。他曾仰仗这种孤独，觉得自己好像待在一个门窗紧锁的房间里而免于被突然侵犯。虽然身边危险重重，但至少他没必要对突然而至的危险时刻保持警惕。但是现在，当他躺在雪墙后面看不到四周雪地上发生的情况，孤立无援地被裹在睡袋里时，杨知道他随时可能会看到一码内出现锋利的牙齿和尖利的口鼻，或是在睡着时感觉到脸上有热乎乎的气息，或是听到嚎叫声，然后意识到这群家伙正注视着自己，等待时机。这种感觉，比任何东西都更让他觉得孤独。

在雪墙后面相对宽敞的空间里，杨每次可以把一条腿弯着从睡袋里伸出来，然后认真地看他的脚，而在那个“坟墓”里时是不能这样做的。双脚的样子十分恶心，杨的脚趾仍旧是最糟糕的，而两只脚全部被冻得不成样子，冻伤把跟腱和骨头之间都冻透了。膝盖以下尽是黑灰色的斑块。他现在完全放弃了靠两条腿走路的想法。只要被送进医院，他想象着，立刻就会有人把他直挺挺地放在手术台上，然后毫不犹豫地割去他的双脚。杨会屈服于这种安排，但他仍旧十分不愿失去自己的双腿。除了保证让自己活下来外，杨想得最多的是他的腿，他犹疑是否可以做点什么有助于保住双腿。此前他曾下定决心采取重要行动，但“雪墓”没有足够空间来付诸实施。杨仍然认为坏疽会继续扩散，虽然不知道这种想法是对还是错，除非除掉它，否则坏疽就会像房间里的干腐病一样。坏疽的源头是他的脚趾，虽然这些脚趾还长在他脚上，但已经不再是他身体的一部分，而且没有这些脚趾他会好起来似乎是个常识。杨无法指望任何人帮他，但现在时机成熟了，他准备要亲自操刀割去自己的脚趾。

他还带着那把折叠小刀，而且还有些白兰地。杨用白兰地当麻药，小刀当作手术刀，侧身蜷缩躺在雪地里，把腿蜷上来以便手能够得着，杨就这样开始小心翼翼地一个一个地切除自己的脚趾。

切除行动本该迅速完成，但由于疼痛以及极度的恶心，加之脚趾很难切断，因此整个过程比预想的困难得多。他得找到关节处。杨的手相当笨拙而且很虚弱，因为手指上也有一些冻伤，而且折叠刀已经不像原来那样锋利了。他冷酷地坚持着，慢慢地切着。每切完一个，杨就把它放到头顶上面一块看不到的突出岩架上，因为他再没有力气把它扔到远处了。每切完一个脚趾，杨不得不停一会儿，让自己从恶心反胃中恢复过来，再灌自己一口白兰地。曼达尔人给他带了一些鱼肝油药膏，他在每处伤口上厚厚地涂上一块，然后再从毯子上撕下一条布裹住伤口。

这场恐怖的手术持续了将近三天。手术结束时，岩架上留下了九个脚趾。杨左脚的小脚趾看起来并不像其他脚趾那样严重，因此他留下没有切掉。等做完这一切，杨心里感觉好多了。当然，腿的状况并没有立刻改善，但他为自己做了能保住双腿的事而感到满足。想到那些被切掉的腐烂恶心的东西再不会毒害他了，杨心里就更爽快了。切除这些烂掉的脚趾让他觉得自己干净了许多。

所有这一切做完之后，杨如释重负，又回到简单的常规日常生活轨道：吃饭，收集雪水，搅牛奶，清洁他的手枪。偶尔——当然很少这样，他会聚精会神地认认真真卷一支烟，然后把藏在贴身内衣里的一盒火柴拿出来。他也会费力地把药膏贴在后背的痛处，偶尔喝一小口白兰地来犒劳自己。杨时刻警惕着不让自己再被冻伤，躺在那里若要不去听或是不去想象滑雪的声音或是远处狼的嚎叫是相当困难的。有时杨会把耳朵塞住，把那恐怖的静寂挡在身外，有时他会自言自语让自己可以听到点声响。当确实有曼达尔人来，从很远的地方就开始大喊“你好，先生”的时候，静寂被突然打破会吓他一跳，他经常要缓一会儿才知道怎样去回答。

曼达尔人那几周里一直实心实意地来探访杨，他们每隔两三天便会千辛万苦地翻山越岭来高原看他。每次来的时候，他们都会给杨带来新鲜食物，通常还会带来干木柴生火给杨煮喝的。但生火总是让他们感觉不安，因为他们担心烟或火被人看见。每当杨听到曼达尔人到来的声音，他就会振奋精神，尽量让自己看起来活得很好，因为他心中隐隐担心他们可能会心灰意冷，并因此将探视当作苦差而放弃他然后再也不来了。而曼达尔人这边，他们觉得要让杨振作起来，因此见面通常十分开心，尽管这种开心是强装出来的。有时候也会出现可笑的事，比如有一次有人忘记了暗号。由于杨如何击中盖世太保军官的故事已经传开了，他以扳机意识以及一枪击中德国军官而在曼达尔人中名声大噪。于是当一个曼达尔人有一次在关键时刻把“你好，先生”这个暗号忘到了脑后，这个人赶紧趴在地上，身体紧贴地面向杨爬过去，保证自己一直妥妥地受到掩护，直到离杨很近能对话了，而且确信不会出现可怕的误会后，他才敢站起来。

有一次，曼达尔人来探访时，杨请他们带一些读物。他真正想看的是一部英文版或法文版的惊险小说，因为他最近这两年更习惯阅读外文而非母语。但是曼达尔人对这些一无所知，而碰巧杨委托带书的那个曼达尔人只能给他提供挪威语的宗教读物。杨没让他拿，但那人随后想起有一本周刊的年度合辑他能借到。杨同意了，于是这本大部头读物被带上了高原。但实际上，杨并没读多少，他似乎一直没有时间。

杨在高原上待了一段时间后，有人提出了一个好主意：带上来一捆用来给房屋绝缘的厚纸。他们把这些纸折成拱形罩在杨上方，像一个微型的尼森房（一种半圆形的活动营房），再用雪盖在上面，然后把一头用雪墙堵住。这样的“房子”空间足够让杨躺，也能很好地保护他。事实上，里面有时好像挺温和。但这种房子也有缺点，每当房子变得过热时屋顶上的雪就会融化，然后无情地滴在杨身上，把杨弄得比以前更湿。

有时来访者会带来让杨希望倍增的信息，但更多时候，他们从山谷带给杨的消息都是令人失望的。在把杨留在高原后不久的一天夜里，来访的两个曼达尔人兴高采烈地告诉杨一个拉普人已经到了谢灵达尔，而且答应今晚或明晚要带杨出发。那两个曼达尔人陪杨在高原上待了一整晚，准备等那个拉普人来的时候帮助杨。但第二天早上没有任何消息。在接下来的三个晚上，山谷来的曼达尔人在高原上陪杨一起等待拉普人的到来，确保拉普人不会错过这个地方。他们每时每刻都在翘首等待那个拉普人，但没有任何移动的物体打破高原的天际线。第四天晚上，他们听说那个拉普人改变了主意，因为有流言说德国人已经在边境派驻了滑雪巡逻兵。

在接下来的几天中，这个流言被大量不同消息来源证实是真的。近来这些天，人们把精力都投入到关注杨的健康问题、天气以及穿越高原的行程方面，几乎忘了德国人的存在。德国驻军来到曼达尔已经很长时间了，据人们所知，那是德军的最后一次行动——这一行动那时看起来像是一次蓄意搜查。曼达尔人已经习惯了德国驻军的存在，而且开始无视他们了。但现在看来，德国人还在追捕杨，甚至大体知道杨在哪儿。当人们把这些消息告诉杨之后，他马上意识到，在自己的逃亡之旅中德国人第一次赶到了他的前面。前些日子，他还在逃亡的时候，德国人除了跟在他脚后狂吠外，没有采取其他行动；但是现在，好像德国人已经在他将来某一天要穿越的边境线上派驻了一支巡逻队。除非杨在这几天内穿越边境，不然就只能在极昼天过境了。如若身体健康，他和曼达尔人都会视德国巡逻兵为笑谈，因为他们像所有挪威人一样对德国人的滑雪技术持有高傲的蔑视——这种态度可能并不见得正确。即便德国人真的在边境线派驻了巡逻兵，除了拉普人之外，没有人会被这新出现的危险吓倒。如果能够到达边境线，他们无论如何也能穿过边境。

但是这个流言出现后不久，高原上出现的一个反常现象，使他们真正开始更认真地对待德国人的威胁。高原生活中最引人注目的事一直都是无事发生。任凭时光荏苒，高原一切如常，即便是最细微的小事也不会发生。杨发现好像他能记得的绝大多数事，确实只是梦里的或是自己正在想的事。他最经常的梦境或幻觉是听到有人来。有一天，他正在打盹，听到有声音逐渐靠近。这在以前经常发生，但这次，当来人靠近杨的时候，他听出来那些人在说德语。他听不懂他们在说什么，不一会儿，这些人便渐渐走远了。杨完全醒过来后，他觉得这似乎只是稍微改变了的熟悉的旧梦而已。但是第二天晚上，当另一队曼达尔人来看他时，这些人面带惊恐之色，因为在距杨躺的地方三十码的位置有两排滑雪板滑过的痕迹，但不是曼达尔人留下的。

此事是引发人们无尽猜测的绝对可疑的事件之一。在此之前，他们一直认为高原是德国人触及不到的避难所，部分原因是他们从未想到德国人会冒险来到高原，另外一个原因是他们认为，在这数百英里的雪地里找一个人如同大海捞针一样不可能，因而他们确信德国人不会浪费时间这样做。没有人知道留下踪迹的那几个人来自哪里，又要去向何方，也不知道他们意欲何为。他们不是来自曼达尔的德国驻军，因为那里的德军一直处于人们的监视之下，而此地距其他德军哨所需要超过一天的行程。那些人也不可能是边境巡逻兵，因为这里距边境还相当遥远。然而如果他们正在搜捕杨，那他们如此近距离从杨旁边擦身而过绝对是难以置信的巧合，除非整个高原上有数百个巡逻兵，或是他们十分清楚地知道杨在哪里。此外还有一种可能，那就是以这种秘密方式搜捕杨的不是德国人。如果他们确实知道杨在哪里，他们会知道，如果没有曼达尔人的照顾，他不可能在高原上生活，那德国人对此的反应肯定会是威胁或逮捕曼达尔人，以寄希望有人出卖杨，然后在山中搜捕以挽回他们的颜面。

那晚，带着惴惴不安的忧惧心情，曼达尔人在高原上对这一可疑事件反复讨论了很长时间。那些德国人，不管他们是在做什么，从杨身边经过而没发现他完全是侥幸。那天早些时候下的那场大雪，把杨藏身处周围的踩踏痕迹和所有从曼达尔方向来的滑雪板留下的印迹都盖住了。但如若那些人再来，他们会发现曼达尔人新留下的踪迹，然后会沿着这些印迹径直找到杨的藏身之处。总而言之，这让人担心，而有人想到的唯一让人宽慰的解释，是那些踪迹可能是想去瑞典的德国逃兵留下的。至今没人知道此事的真相。那晚那几个德国人的声音此后一直是黑暗中阴森森的威胁。

拉普人失去信心并改变主意这件事，只是一系列让人失望的事情中的第一个。给人们带来希望的有关驯鹿雪橇的信息，任何时候都备受人们期盼，这样的信息持续不断地从谢灵达尔和这个地区的其他山谷传来，但每次希望都最终破灭。十四天里曼达尔人的所有计划均化为乌有，这之后曼达尔人绝望了。他们每次上来看望杨都会发现他更加虚弱。他似乎正一点一点缓慢地接近死亡。此外，春天雪融正从最东边开始，穿越高原乃至从山谷里爬山出来正一天天地变得越来越困难。南坡的雪已经开始融化粘脚，下一两周将是明年冬天到来之前拉雪橇穿越高原的最后机会。每到春融时节，高原都会变成一个大沼泽，纵横交错的溪流水位上涨，将高原切割得支离破碎，无人能穿越。而且雪全部融化消失后，转运伤员的唯一方式只有抬，这比在雪橇上拉着走更慢更费力。

于是曼达尔人决定在还有机会的时候最后一次尝试人拉雪橇前往瑞典，用更多的人轮流拉。于是，六个人于 5 月 9 日夜晚攀上高原，把杨从纸帐篷中拉出来，再次向南方出发。但此次尝试除了再次徒增虚无的希望外，仍然一无所获。他们才行进了一两英里，乌云便铺天盖地压下来，暗得只能看到眼前几英尺远。他们无法在那种条件下找到前进路线。于是他们转了一圈，沿着自己的脚印回到了出发点，又把杨放回了纸帐篷里。

这次失败后，杨真的开始心灰意冷了。他从来没有对曼达尔人失去信心，仍然相信如果曼达尔人再走远一些的话，怎么样都会把他送到瑞典，但他开始怀疑这样做是否值得。没有人告诉杨太多当前的情况，但他自己能看到曼达尔和周围地区的人正在为他做出巨大的努力。那么多形形色色的人从山谷爬上高原，他数都数不过来。杨朦胧地感觉到，肯定有某个组织在背后支撑着如此频繁的探访。随着时间的推移，越来越不可思议的是，德国驻军可能会继续驻扎在山谷，虽然身边的曼达尔人忙忙碌碌地活动着，但他们仍然傻呵呵地被蒙在鼓里。每当有新人上来帮助杨，就意味着又一个家庭或多或少地卷入此事，因此曼达尔人照顾杨的时间越长，那么被德国人发现时，曼达尔山谷的灾难就会越惨重。杨知道，曼达尔人也知道，按捺不住愤怒的德国人，有朝一日发现整个曼达尔社区都欺骗了他们时会是什么后果。西海岸发生过类似的情况，当时所有村庄都被有组织地焚毁，所有男人都被运往德国，所有妇女儿童则被送入挪威的集中营。毫无疑问，这种悲剧也可能发生在曼达尔，现在既然这么多人卷入此事，杨不得不扪心自问，他们冒这么大风险的后果是什么。挽救他的生命是这些行动的唯一目的。当杨冷静地思考此事时，他发现这似乎是一个相当不划算的交易。这里不再有任何爱国主义的动机，亦非搭救一个训练有素的战士重新投入战斗。看看他的腿，看看曾经如此健康的躯体残留下来的无用废物，他确实不认为自己还能如战士一样有什么用处。如果他死了，杨想，对军队不会有任何损失：不管怎样，他只是个无用之人。他也不太可能结婚，甚至订婚都不可能，没有人可以完全依靠他获得幸福或是生活。他父亲还有一个儿子和女儿：他的弟弟尼尔斯现在可能已经完全长大成人了，还有比藤，他曾经深爱的妹妹，一定学会了没有他而继续生活。杨想，也许妹妹永远不会再像他自己长期以来认为的那样依赖他。杨疑惑是否他们已经认为他死了而不管他了，而且即便是他活下来了，也不一定还能再见到他们。至于最近这两年在英格兰结识的战友，杨知道，如果他们知道他在哪里的话，可能都会认为他已经死了。

这种想法是在上次行程破产之后，待在高原的十天孤独日子里慢慢在他头脑中滋生出来的。由于他天生便有十分强烈的活下去的本能，所以杨用了很长时间才做出一个决绝的决定。但最终，当他不情愿地看到还有一份责任摆在面前时，那一刻不可避免地到来了。他自己的生命除了对他本人举足轻重外，不会对任何人有任何价值。而对他本人而言，生命仅仅意味着再多忍受几周的折磨以及丑陋可憎的死亡，或者最好的情况，杨认为，将来多多少少会成为百无一用的瘸子。而每一个帮助过他的人不仅是健康，而且还可能是一个家庭的重心和顶梁柱，杨心中的天平偏向了这一边。他十分清楚地意识到，不应该让他们再为自己冒更多风险而奔忙了，而且他也清楚只有一种办法可以阻止他们。他最后的责任就是要自我了断。

当一个人本能地完全不想死的时候，决定自杀需要强大的意志力。杨的思维仍旧活跃清晰，但他做出自杀的决定太晚了。到杨下定决心之时，他的身体已经虚弱得无法实施自杀计划了。他还留着那把子弹上膛的手枪。杨独自一人躺在残雪中的睡袋里，把手枪从枪套里拔出来拿在手上。他曾用这把枪救过自己的命，而现在他要再次用它来结束自己的性命。直到上周，他还一直怀着对精密机械一贯的爱小心呵护着这把枪，但此后他开始忽视它，而让他怅然若失的是，他发现枪生锈了。他以熟悉的姿势把枪握在手里，扣动扳击准备射出最后一发子弹，但扳机丝毫未动，杨的手指衰弱得无法扣动扳机。他努力尝试着那个以前一直训练的瞬间击发的简单动作，但没有任何作用。他的手再也没有力气拉回弹簧了。杨觉得仿佛有一位老朋友辜负了他。

之后杨努力想用其他方法来了结自己。如果他能够爬出睡袋，然后爬进雪里，他就能让严寒彻底冻死自己。但他有足够力气解开裹在身上的毯子，或是把自己身体移动一两英寸是很久以前的事了，是一周多以前了。他还想到了那把折叠小刀，而且试了试刀刃。但小刀早在他割脚趾的时候就不锋利了，现在又锈又钝，而且想到要割自己的喉咙或是手腕的动脉是那么恐怖，杨的意志动摇了，他虚弱无力地放松下来，试着再次下定决心。

杨感觉自己狼狈不堪。这么长时间以来，他殚精竭虑地保存自己的性命，不曾留有遗憾，现在本想了无牵挂含笑而死，却没有足够力气扣动扳机了结自己。实在是人生无常啊！

Part 16

第十六章 生命的尽头

杨陷入精神危机后，上来看他的人注意到了他的异样。在此之前，杨看起来一直十分开心，然而曼达尔人谁都不知道，杨表现出这种样子有时需要付出很大代价。但现在他身上的幽默感没有了，他甚至几乎不跟他们说话了。事实上，在此之前，杨一直期望偶尔会有陌生的面孔到访，但现在当他听到“你好，先生”的声音时竟有些不满，因为这意味着他不得不在本想安静地躺着的时候，去努力应付这种来访。直到后来，杨才把自己的决定告诉这些人。这对曼达尔人而言，似乎只是表明杨有点灰心泄气。最终他们下山，告诉努尔内斯说杨快要死了。

曼达尔人并没有像杨那样想，他们从来不认为他们正在做的事不值得冒风险，而且如果杨在曼达尔人倾其全力去搭救他后死在了高原上，他们会对杨十分失望甚至愤怒。但他们确实有些提心吊胆。在高原风雪数周的摧残之下，杨的生命可能在无任何其他征兆的情况下悄然结束。由于曼达尔人从来不想任由杨无声无息地死在那里，所以留给他们的只有一个选择：他们要把杨再次接下山谷，然后尽力把他养胖并鼓足他的勇气，直到他适合进行再一次前往瑞典的尝试。

他们也要考虑德国人。此处每栋房屋都无法躲过德国人的突然搜查。而夜晚，在那个季节，已宛如白昼。千辛万苦把杨抬到山谷的居住区十之八九会在大白天。但是山谷在最远的村舍之上持续延伸了十英里，而且这段山谷相对于开放的高原有更多的掩体，温度也比高原高出几摄氏度。有人记得在山谷上游正上方有一个山洞。学校里举行了一次会议，认为让杨活下去的唯一希望是减少曼达尔人的损失，把他接下高原安置在山洞里，然后一切重新开始。

对于所有人来说这是一个艰难的决定，特别是当他们把这个想法告诉杨时，对杨而言尤其如此。这意味着要退回到约六周前，他第一次被送进雷夫德尔木屋时的那个阶段；这意味着自那时起，他所遭受的一切痛苦折磨都白费了。最重要的是，这还意味着在他希望到达瑞典之前还得再次经受被抬上山的折磨。

然而，杨病重得实在没有精力去关心这个问题，而且曼达尔人让他确信除此之外别无他法。于是他让曼达尔人把他再次拉出纸帐篷捆在雪橇上。六个男人用尽九牛二虎之力才艰难地把杨从高原抬到谷床，远离了过去数周中经历莫大的痛苦才勉强熬过来的高原荒凉。

这几个人运杨下山的同时，另外几个人则忙着准备山洞：放置一张铺了草的桦木床。当他们把杨抬到山洞里放在床上离开后，杨开始享受自离开马里厄斯家的谷仓后从来没有过的奢华。他们已经从他身下拿走了雪橇，躺久了硬板条后他觉得桦木床相当松软。他的身体终于慢慢干了，这是这一个月里第一次不再湿漉漉的。而且衣服干了之后他甚至开始感到暖和了，这是一种全然新奇的体验。身体暖和后，杨终于进入了无梦的沉睡中。

杨在洞里躺了四天，绝大多数时间是睡觉。确实醒着的时候他就躺在床上凝视距头顶只有两英尺的洞顶，享受着高原雪光映射下的昏暗。洞顶有些潮湿，有时甚至会有水滴下来。杨发现观察研究这些水滴竟如此美妙。当有水滴悬浮欲坠时，他会在黏滑的洞壁岩石上用手指划出一条小沟，这样水滴就会顺着这个小槽流下来而不会溅到他身上。当他卷烟的时候，他会为所有看得见的要滴下来的水滴划好小沟，这样他就肯定可以安静地享受吸烟时光了。那些天里，他重新发现了极简的快乐：睡觉的欢愉、期待吃饭时的喜悦、打哈欠时无以言表的奢华享受。

若有探访者爬进洞时，洞口常常会变暗。来访者进来坐在他身边，喂他吃曼达尔人能提供的最好的吃食，尽可能满足他的所有愿望。当杨醒着的时候，探访者就会坐下来跟他闲聊；当他睡着的时候，来访者就会由他去睡而不叫醒他。有一天，他们给杨带来消息说驻军的一个德国士兵逃跑去了瑞典，这让他们所有人都欣喜若狂。每天，不管谁来看他，都会谈起拉普人。那时很多拉普人已经到达了谢灵达尔和邻近的山谷，当地组织成员对他们好言相劝并承诺给予报答，以寄希望某个拉普人有朝一日会下定决心出手相助。但杨已经不怎么相信拉普人了。他唯一的计划是睡觉，直到真正觉得自己睡够了为止。那时，杨认为他的身体会变得更强壮，很快就能考虑未来的事。届时他将决定是继续更长时间地依靠曼达尔人的友善——可能得要整个夏天，还是等到他的手指能扣动扳机时彻底了结这一切。

但是突然间，杨待在洞里的第四天或是第五天，全体曼达尔代表喜出望外地来到山洞，告诉他最终有一个拉普人郑重承诺送杨去瑞典。这个拉普人要了些白兰地、毯子、咖啡和烟草，所有这些都很难弄到而且价格昂贵，但组织保证能找到足够的物品来满足他。而且了解他的人说，这个拉普人是一个不会改变主意的可靠之人。但他的驯鹿还在高原上，而他不想把鹿群赶下来再赶上去。于是为了确保不错过这个机会，杨必须得马上被转移到高原上与那个拉普人和他的鹿群会合。

杨还没有准备好离开这个舒适的山洞。再多几天休息，可能会使他更适合再次开始新的征程。但他无法拒绝接受这个激起曼达尔人如此高涨之希望的计划。尽管他过去失望太多了，但这次看起来的确可能是他们所有人一直等待的机会。杨努力表现得比内心更兴奋，随后曼达尔人把他从山洞里抬到刺眼的日光中，再次把他捆在熟悉的雪橇板条上。

一大队人马集合起来准备攀出山谷，实际参加此次转运的有八人。从许多方面而言，这次攀登比上次雷夫德尔攀登要相对容易，至少对杨如此。这次抬雪橇的人数是上次的两倍，而且杨这次抬起来轻了很多。他的体重最后降至七十八磅，不足离开设得兰群岛时体重的一半。

这八个人因此可以活生生地抬着他走很远，而且杨也不必太经常地被脚朝上或朝下吊着。但此次攀越历时十三个多小时，当他们到达山顶时杨已筋疲力尽，他在山洞中休息恢复的体能被彻底耗尽。经历数小时的折腾，杨经过数周的平静后第一次生气。依旧虚弱的身体使杨忘记了对于搬运他的这些曼达尔人，他亏欠他们太多太多。其中一个人答应给他带些烟草，然而由于兴奋忘记带了。杨听到这个消息后，从某种程度上说，这似乎是最后一根稻草。想到在高原上待一两天却没有烟抽实在无法忍受，杨不耐烦地厉声说：“你总是忘记最重要的事。”说这样的话相当无礼，特别是烟草当时极度缺乏且昂贵，几乎所有曼达尔人都不得不戒了烟。但他们没人介意，因为他们看得出杨被折磨得几乎超出了忍受的极限，全然不知自己在说什么。

事实上，曼达尔和谢灵达尔的组织在整个过程中考虑周全且运转高效。当攀登团队最终将杨运到高原上将与拉普人会合的地点时，来自谢灵达尔的两个人已经到达那里。组织已经详细交代他们接手照顾杨直到拉普人到来，以缓解参与此次登山的曼达尔人的压力。他们同时也被挑选来做拉普人的翻译。据说拉普语除了与匈牙利语有点关系外，与世界上其他任何语言都没有任何联系，除了拉普人外，只有为数不多的几个人懂拉普语。绝大多数拉普人自己也会说一两种他们居住国的语言，或是瑞典语，或是挪威语，或是芬兰语，而那晚要跟杨见面的是会说芬兰语的拉普人，因此他和杨没有任何可供交流的共同语言。

把杨抬上高原的那些人到达见面地点时已疲惫不堪，因此他们把杨交给谢灵达尔人后没做任何停留便返回了山谷。谢灵达尔这两人在接下来的整个晚上一直陪着杨。然而事情的发展开始进入人们相当熟悉的套路。杨顺从地躺在雪橇上，夜晚刺骨的寒风使他白天潮湿的衣服开始结冰。守护杨的那两人，时刻耐心地注视着被雪围绕的天边。但四周毫无动静，看不到拉普人要来的迹象。第二天清晨，这两人必须得回去工作，杨再次被孤独地留在了高原上。

艰苦难熬的守夜又开始了，而且同样是那样的绝望孤寂。杨这次在高原的另一个位置，但看起来与高原的其他地方几乎一模一样。这里没有岩石挂着冰垂向他的杯子里滴水，也没有雪墙和纸帐篷。直接围在杨身边的大雪洁白而明净，并没有因数周的短暂存在而被践踏得污秽不堪。而他视野所及的低矮山丘和死寂的浅谷几乎无法区分彼此，那熟悉的刺骨严寒，那闪耀的雪光，还有那死一样的静寂，把山洞时光反衬得像一场恍惚的梦，除了让杨与疾驶而过的舒适短暂邂逅外没留下任何印迹，反倒使高原显得更加荒凉凄惨。他躺在那里打着盹儿，时不时地陷入昏迷之中，又开始听到各种声音。微风在远处的山丘上叹息，时不时吹起松软的雪花，卷成细小的旋涡，发出不绝如缕的沙沙声，然后又归于沉寂。清醒时，杨知道这种柔和的声音预示着另一场暴风雪即将到来。恍惚时，他会听到狼群再次悄然在他身边逡巡。当杨幻听到各种自然之声或是滑雪板发出的“嗞嗞”声时，他再次进入无法入睡的状态。

第二天晚上又多来了两个翻译陪杨。那时已经没有了白天和晚上的概念，因为那段时间太阳会在午夜时分高悬在头顶。无论白天黑夜，光线都十分明亮，夜晚仅仅意味着高原上的阴影更长一些，以及阴影变长时的空气变得更加寒冷。在这样一个日光明亮、雪光耀眼、寒冷异常的夜晚，这几个人守护了杨整个晚上，但仍不见拉普人来。杨已经确信拉普人永远不会来了。太阳穿过了北方的地平线，又一次爬上了东方。这些人不得不放弃等待，再次离去，把杨留在那里独自面对又一个阳光灿烂的白天。

日长如岁的四天四夜，终于一分一秒地熬过去了，谢灵达尔来人打破了沉寂，他们告诉杨这个拉普人也改了主意，找借口说自己病了。这一点也不奇怪，杨在他们告诉他之前就意识到会是这样。这次，无人能想出其他办法。在雪正迅速消融的时候把杨再次抬下山谷相当于最终承认失败，因为他们再也不可能攀上裸露的岩石把杨抬上高原。在山谷中，他们除了喂杨吃的什么都做不了，直到德军发现杨然后搜捕所有人。而把杨留在原地无异于判处他一种更快更温和的死刑。对于所有帮助过杨的人而言，同时也是对杨自己而言，似乎已经走投无路。他们第一次没有了对未来的规划，第一次无法给杨希望，第一次说不出任何能让他振奋精神的话。他们唯一该做的慈悲善事，应是断绝为杨提供用以维生的食物，让他平静地尽快离开这个世界。不管他们做何种努力，他们知道杨坚持不了太久，甚至向杨承诺再来看他都不必要了。离开时他们给杨留了一些食物，但他们没有向他保证会再来看他。他们计划再来这里，再来两次：一次是找到杨的尸体，保护好不让鸟和狼群吃掉；第二次，则是在雪融后地面解冻时埋葬杨的遗体。

当他们的声音逐渐远去，最后一个人也消失在远处时，杨异常平静地躺在那里。悲伤的风吹乱了他的头发，卷起零星的细碎的雪花落在他的脸上。在最终接受了死亡之后，他的心平静如水。

Part 17

第十七章 驯鹿

杨睁开眼时，发现一个人正站在那里目不转睛地盯着他。

杨以前只在照片上见过拉普人。来人踩着滑雪板，沉默且面无表情，斜靠在滑雪杆上站在那里。此人瘦小枯干，黑黝黝的瘦削的脸上长着一双细小的有点斜视的眼睛。他穿着一件深蓝色束腰长外套，装饰有红黄两色，皮制紧身裤，驯鹿皮毛做的靴子，饰有向上翻的尖尖的足尖。一条宽皮带上悬挂着两把带鞘的刀，皮带只是松松垮垮地围在臀部，而不是系在腰间，因此看起来身子很长，几乎没有腿，像一个土地佬。杨没有听到他走过来的声音，那人便站在了那里。

两人对视了很久，杨才开口说话。杨的大脑反应很慢，而且他的记忆也已模糊混乱。有人告诉过他这个人要来吗？一切都结束了吗？这是梦吗？最终，在完全没准备好的情况下，杨开腔了：“早上好。”那个拉普人既没有回答，也没有移动脚步，但他咕哝了一句。杨模模糊糊地想起来，那人可能听不懂他的话。杨再次闭上了眼睛，因为他累得没办法去思考说什么或是做什么。

杨忐忑不安地想他应该知道来人是谁，他从哪儿来。以前谈过很多次拉普人要来帮助他，他能记得。但那些都是很久以前的事了，而且最终全部无果而终。拉普人都认为这事划不来而放弃了。杨无论如何都想不到，一个拉普人会孤独地待在高原上。他又看了一眼，以确证刚才所见是否就是自己认为的那样。那人还是一动不动地站在那里，跟刚才一样，滑雪杆支在腋窝下，脸上没有任何表情。

每当闭上眼睛，想到旁边有人正静静地盯着自己看时，杨心里就不舒服。他甚至说不来那种凝视是友好还是充满了敌意，也不清楚他看到的这个特殊的生物是正准备帮他，还是已经把腰间的长刀抓在了手里。杨希望这个人走开。对他来说，那人似乎已经站在那里数小时了，而且一动不动，一言不发，甚至那种奇怪的弓着身子的姿势都没变。但是随后，那人悄无声息地走了。杨这才松了口气，又陷入被那个忽然而至的幽灵打断的恍惚之中。

实际上，此人是一个月前谢灵达尔那名滑雪信使出发去找的拉普人之一。他正好赶着鹿群，带着家人和帐篷到达谢灵达尔山谷上游的山中，而且他肯定一直在思考这事。当第一次有人求他时，整件事尚属模糊而无法预测的未来。现在是在眼下，他到达谢灵达尔后做的第一件事是要找到杨躺在哪里，然后亲自去看看此事是否真实。他确实站在那里盯着杨看了三四个小时。他那时正在暗下决心。决定下来后，他便下到山谷中声明要去边境。随即，那些为那个失约的拉普人准备好的礼物立刻送给了这个人，有毯子、咖啡、白兰地和烟草，都是为此事以天价从四处买来并妥善保存的。

使杨再一次醒来的，是鼻息声，还有跟以前听到的任何声音都不同的缓慢移动的声音，刺耳的叫声、铃铛的叮当声以及一种特有的难闻的动物气味。当他睁开眼睛，看到数周来一直荒无人迹的雪原已经满是一眼望不到头的鹿群，成千上万的驯鹿在他周围乱哄哄地走动，而他自己则正平躺在鹿群蹄印中间的雪地上。然后杨看到两个拉普人站在他旁边，说着他全然不懂的奇怪语言。他们同时弯下身，把杨整个儿抬起来，边抬边说着话，但并没有对杨说。刚开始杨一时想不到他们要干什么，但随后他就明白这两个拉普人正把他从原来的雪橇搬到另一个更大的雪橇上。他们用毯子和鹿皮盖在杨身上一直盖到眼睛，然后把大包小包的行李成捆地放在他上面和四周，再用鹿皮和鹿腱做的绳子把杨和所有物品捆好。雪橇突然被猛地一拉，随后便开始走了起来。

这一切发生得如此之快，把杨都搞糊涂了。几分钟前他还无精打采地孤独地躺在那里，而现在他脚朝前在震耳欲聋的嘈杂声中被拉着加速行进，而且没有人给他一个字的解释。杨斜着眼顺着自己的身体向前看，看到一头配着雪橇索具的驯鹿臀部。一个滑雪的拉普人正在前面带路。这是鹿群中的一只头鹿，它一边打着响鼻儿，一边用蹄子用力扒地，于是雪橇前行，它脖子上的铃铛也随之发出有节奏的叮当声；鹿群紧随其后，五百多头强壮驯鹿焦急地沿着头鹿的足迹前行。透过眼角的余光，杨能看到几十头头鹿正挤挤撞撞地找位置。大量的驯鹿跟在后面。当头鹿拉的雪橇在平坦的雪地上快速前进时，匆匆疾行的鹿群如同流淌在雪原上的一股狭窄溪流。当雪橇停下来，鹿群随即围在雪橇四周停下来。有时在这些不经意的停歇间隙，杨发现自己脸朝上躺的位置距地面一英尺高，向上看时会看到丑陋的鹿头、悲伤的大眼睛和打着响鼻儿的鼻孔就在自己眼前。但每当这个时候，两个拉普人中就会有一个过来，催赶拉着雪橇的头鹿。遇到沟坎时，他们也会帮忙拉雪橇直到越过障碍，随后轰隆隆的蹄声再次响起，滑雪者身后又发出“嗞嗞”的声响。

不计其数的驯鹿一整天里横扫整个高原，在雪原上切割出一条宽宽的踩踏的印迹，把拉着杨的那个雪橇的痕迹完全掩盖了：这是战时为逃亡者提供的最奇特、最宏伟壮丽的护送。杨躺在雪橇上觉得事态的发展远远超出了他的想象。但他还是很满意让他们带路，因为他一直观察着太阳的位置，知道不管接下来发生什么情况，最终他是在向南方前进，向着边境线前进。

傍晚时分，他们停了下来。两个拉普人给了杨一些干鹿肉和鹿奶，接着杨看到他们支起鹿皮帐篷。鹿群则漫无目的地转悠，时不时用前蹄刨雪，寻找雪深处岩石上的苔藓。杨躺在雪橇上被放在那里。总体而言，他很高兴这样安排，因为那个帐篷确实只能容下两个人。虽然杨被独自留在鹿群中，但他发现那两个人仍然十分警觉。他们走到杨身边用鼻子闻闻，显然是想知道杨是否能吃那些东西，而杨，从未尝过驯鹿肉和鹿奶的味道，也不清楚自己是否能吃得习惯。每当他闭上眼，热乎乎的气息和湿漉漉、毛茸茸的鼻子就会把他扰醒。

拉普人消失在帐篷里后，一种特别奇怪的声音从中传了出来，是一种单调的吟唱，声音高时几乎是在号叫，随后在悲怨的低吟中消失停止。当第一声怪叫声在高原上响起时，杨认为他们一定是在打架。过了一会儿，当一个拉普人冲出帐篷，步履蹒跚地穿过雪地向他走来时，腰间皮带上悬挂的刀左右摇摆，杨意识到一种出乎意外的死亡正等着他。但那个拉普人弯腰伏在他面前，气息中飘出的丝许酒味解释了整个恐怖的插曲。那两个拉普人刚才在喝酒唱歌。他们开始享用送给他们作为报答的白兰地，其中一个拉普人移动着弯曲的短腿磕磕绊绊地走过来，没有任何恶意，只是想给杨喝一口酒。杨过去曾读过或听过的有关拉普人唱歌的记忆浮现在脑海中。这种歌被称为“唷克应”，据说是一种讲述拉普人英雄事迹的歌谣，但这种歌曲怎么都不像通常概念上的音乐，对于那些没有学过此类艺术的人来说，更像是一种悲伤的哀号，像狗在月夜里的嚎叫，但要更加悲伤。

这一整天意想不到的行程使杨恢复了对生活的兴趣，当拉普人把白兰地瓶子塞给他时，杨笑了：在那一刻，带着从未消失的自嘲式幽默——处于死亡边缘时除外，他觉得在经历了此前的种种磨难之后，自己竟在前往边境的最后阶段被一个醉酒的拉普人杀死有点荒唐的屈辱感。他从瓶中喝了一小口，很高兴，但那个拉普人开始跟他聊天。那人说的每个词对杨而言都没有传递任何信息，但大概意思足够清晰。他就像所有国家喝醉酒的人具有的那种让人为难的殷情好客一样，想强迫杨多喝一点，而一旦被拒，他会觉得杨伤了他的感情。但是杨从最近几周的经历中认识到，一小口酒足以让自己觉得舒服，而喝两口则可能会让自己极其糟糕。于是他微笑着闭上了眼睛，假装昏了过去，过了一会儿，那个拉普人独自喝完那瓶酒，摇摇晃晃地走回帐篷，又开始唱他们的“唷克应”了。

从担心被拉普人杀害的折磨中缓过来的感觉不错，但形势依旧吓人。当狂饮中那悲哀的声音再次传上高原，杨想起了那夜在高原上听到的德国人的声音，以及传闻已经出发前往边境的德国滑雪巡逻队。他不知道自己现在距边境有多远，但拉普人那可怕的声音在周围这寂静凄冷的空气中似乎可以让几英里外的巡逻兵都能听到。这让杨很紧张，但他没有办法劝他们停下来。

那两个拉普人时不时地会再次出来给他酒喝，或是仅仅就来看看他。有时他们拿的酒瓶是满的，有时酒瓶几乎是空的。杨想知道组织到底给他们买了多少酒，他也想知道，还要多久那两个人才能从这种罕见的极度纵酒狂欢中恢复过来再次踏上征途。他如此绝望地被控制在他们手里，他觉得自己那时的心理就像在一架飞机上发现驾驶员和乘务员都十分不清醒的乘客那样。那夜对杨而言注定是一个焦虑难熬的晚上。

歌声最终在深夜时分渐弱并让位于神圣的宁静。早上，帐篷动了起来，随后拉普人出现了，显然两个人的状态依然如故，他们立刻开始拆除帐篷，给驯鹿戴上套具。他们看起来像原来一样活泼有生气。杨觉得他们肯定拥有非同一般的体质。不一会儿，鹿群被集中起来，雪橇开始启动，鹿蹄再次向前匆忙疾行。

第二天，杨最终完全失去了方位感。他不清楚自己正被带到哪里，他也没办法问拉普人制订了什么计划，而且不管是什么样的计划，他都无法改变。但仅仅是因为事态在发生改变、某种积极的行动最终得以继续，杨摆脱了冷漠的状态，甚至感觉身体也比所有希望都破灭的时候好多了。雪橇的颠簸摇晃以及突然停下和猛然启动让人疲倦而恶心，但杨把体内残存的点滴力量积聚起来——如果不是被希望鼓舞，至少也是被好奇心驱动。他想要看看接下来会发生什么情况。这种希望本身肯定有助于他活下去。

情况瞬息万变。雪橇突然一斜，停了下来，这可能是第一百次出现这种情况了。鹿群则一鼓作气地向前横扫了一段，然后再次杂乱地聚拢在杨周围。接着他发现那两个拉普人正试图告诉他什么。他们用滑雪杆指着前面。杨努力向他们指给他的方向张望，但他无法透过如此多条鹿腿看清楚。他竖起耳朵听他们在说什么，但什么也听不懂。这时他听到一个词，这是他们说出来的第一个杨能听懂的词。这个词是“基尔皮斯耶尔维”，而杨记得这个词。这是一个湖的名字。杨怀着突然而至的无法抑制的兴奋再次抬眼望过去，瞥见鹿群站立之处下方有一个大斜坡，斜坡下面的坡脚处，是一望无垠的洁白光滑的雪地。那是结冰的湖面，就在眼前。杨记得边境线就从湖中央穿过，对面低一点的雪岸就是瑞典。慢慢地，杨心中升腾起极其难以置信的希望：他要成功了！

那两个拉普人还在交谈着。杨不再去想那个令人欣喜若狂的希望之火，努力去注意那两个人。他们抓起一把湿漉漉的雪用力挤，结果挤出了水，然后他们又指着湖面，摇了摇头。此举的意思是，他们努力想告诉杨，冰雪已经开始大面积消融，湖冰开始变软，已经不安全了。杨再次向下望了一眼湖面，这次他看到四处都是透明的浅绿色小块，那是冰正在融化的地方。

他想起了地图上的基尔皮斯耶尔维。这个湖有数英里长，至少有七八英里，湖的一头靠近夏季路，那里肯定会有岗哨。湖的另一端肯定有条河流。他记起来了：那里是有条河，边境线即沿河而下。但是如果湖冰开始融化，那条河里的冰肯定也已经融化得支离破碎，而且河水猛涨无法横渡。他们必须穿过基尔皮斯耶尔维湖：他们必须冒险一试，他必须让他们试一下。杨想让他们停好鹿群，让他独自一人乘雪橇去试：一个人滑雪，一头鹿拉雪橇。但杨无法向拉普人解释这个想法。他开始用挪威语向他们解释，但他们一脸茫然，杨只得沮丧烦闷地放弃解释，又开始尽力控制自己的烦躁，努力想办法用手势向他们解释清楚自己的想法。要是他有一支笔一张纸来画张图该多好啊。

突然，只听“啪”的一声响，显然是一发子弹从头顶上飞过，紧接着传来步枪射击的声音。驯鹿呆立在原地，抬起头，嗅着空气中的危险。那两个拉普人也吓呆了，沉默地盯着远处。杨努力抬起头。另一座山丘顶上有六个踩着滑雪板的人，其中一人正单膝跪地端着步枪。正当杨看这几个人的瞬间，另一发子弹呼啸着从头顶飞了过去，他看到其中三人转身下了山顶，向着鹿群冲了过来。

几秒震惊的沉默后，两个拉普人紧张不安地开始用刺耳的声音交谈。杨不由自主地大叫起来：“快走，快走！穿过湖去！”鹿群紧张地移动着，成群地聚集在一起，不再嗅风中的气息了。两个拉普人看了一眼杨，又回头张望着那些巡逻兵，一副犹豫不决的样子。巡逻兵已经跑下山，正穿过平地。在一股无法控制的力量推动下，杨从雪橇上半抬起头和肩膀，完全没意识到这时候说什么都没用了，他大喊道：“他们打不到我们！天哪，快跑，快跑！”一个拉普人大喊着迅速回应了一句杨听不懂的话，另一个人则向那个持枪的巡逻兵摆动着双手，似乎在乞求他不要开枪。不知从哪儿来的勇气，杨在外套中摸索几下拔出那只无用的手枪，向那两个拉普人挥舞着。他们惊恐地盯着杨：天知道他们正在想什么，也不知杨意在威胁他们，还是要保护他们。最后扫了一眼那几个渐渐逼近的滑雪巡逻兵，一个拉普人快速跳上拉着雪橇的头鹿，另一个则大喊一声。突然间，如决堤的洪水一般，鹿群蜂拥至坡边，冲下向着湖面的陡峭斜坡，雪橇随着鹿群摇晃着猛冲下来。鹿蹄撞击冰面，雪花纷飞四溅，子弹呼啸着从头顶飞过，越过冰冻的湖滩，穿过在泥泞的咔嚓作响的冰面上疯狂逃窜的鹿群，向着瑞典那边的堤岸全速飞去。

后记 Epilogue

获得自由和安全之后，逃亡的故事就此结束了，但是如若不讲一讲故事中的那些人在这一切结束后怎样，这个故事就不能算最后完结。

杨、马里厄斯和曼达尔人长期以来一直梦想着穿越瑞典边界，以至于他们从来没想过在边境线另一边会发生什么情况。当然，他们都清楚从边境线到达某个城镇或医院要走很远很远的路，但在一个没有德军的国家赶路易如反掌，因此他们谁也没担心过距离问题。

但事实证明，忙乱穿过湖面后又过了很长时间，杨才被放在一家瑞典医院的病床上。紧绷的神经一放松，杨的记忆便化为了碎片。他记得有一天他和很多拉普人在一栋木屋中度过。还有一天，他坐的独木舟沿一条急流顺流而下，这条河一侧堤岸是芬兰，因而被德军控制，另一侧是瑞典。最后这条河流到一个电报站，那里的话务员给瑞典红十字会发送了一份紧急电报。

这个优秀的组织随即派了一架救护用水上飞机，在那条河一段冰面正在融化变碎的河段冒险着陆。飞机再次起飞前，一群人不得不打碎更多的冰以给飞机提供更长的跑道。起飞是杨记得的最后一段经历，因为当时把他吓得要死。此后，他的记忆一片空白，直到一名医生告诉他，他已经在医院躺了一周了。

在医院里，当被问及是什么手术切除了他的脚趾，以及他漫不经心地回答说自己切的时候，杨有一种非同一般的满足感。在后来被告知他自己的手术挽救了双脚时，那种满足感就更强烈了。关于他的脚的去留很久未定。在医生第一次打开他脚上的包扎时，杨险些被截去双脚。但是他们请来的专家决定试着去挽救一下。经过三个月的治疗，他们宣布杨的脚保住了。

杨在医院里一醒来，便立刻尝试向伦敦秘密报告发生的这一切。但这并非易事。由于瑞典是中立国，自然有很多德国人和德国特工。如果他的报告落入恶人之手，毫无疑问将是那些身处挪威的帮助过他的人的死刑判决书。杨还担心，瑞典方面三年前把他释放出狱时，前提是要他离开这个国家，因此瑞典完全有权力再将他投入监狱。但杨的一些经历已经传出了边境，无疑听到这些的瑞典人觉得杨值得受到他们最好的对待。他们让杨与挪威大使馆的一个秘书取得了联系，杨向她口述了自己能记得的所有情节。

在英格兰，当然，我们已经知道此番远征业已失败，关于布拉索姆发生的情况已形成一个不太详细的报告。《德意志报》早就登出了一篇关于此事的报道，冗长、讽刺而且沾沾自喜，报道说时刻保持警惕的英勇的海防卫兵赢得了托夫特峡湾战役的胜利。而且早在6月初，德国关于此事的这些报道便被伦敦报纸简要引用过，那时杨还昏迷不醒地躺着。而杨的报告第一次明确说明导致登陆失败的不幸意外，这也是我们获悉的第一条线索表明那十二个从设得兰岛出发的人中有一人幸存。

杨本人飞回英格兰是在秋天，那是他离开组织的七个月后。从某些方面讲，返回战时的伦敦，对于魂牵梦萦这么久的他而言，一定十分失望。当欢迎宴会和官方夸奖恭维结束后，他几乎不想跟任何人说起发生在自己身上的事。他曾受训的林格公司是一个会集了很多冒险家的公司，那里面没人会讲个人经验：原因只有一个，那里的每个人都等待着自己应召前往挪威，大家都知道最好不要受他人经历的影响。为数不多的几个杨可以与之随意交流的军官已经看过了杨的报告，而且正忙着制订其他计划。总之，他们已经听腻了铤而走险的冒险故事。没有人愿意与杨分享其脑海中仍旧栩栩如生的画面：无尽的大雪、彻骨的寒冷、耀眼的夜晚，一张张曾经为了他而甘冒生命危险的面孔，以及那些他甚至从不知其姓名的脸庞，北部荒野的声音和气息，还有无尽的孤独、绝望和疼痛。在忙碌灰暗的伦敦秋天的街道上，这些事开始变得像个人的一个梦：一个被焦虑遮蔽而变得黯淡模糊的梦，因为他不知道自他离开之后在那些荒凉孤寂的山谷中发生了什么，以至于在余下的整个战争期间，一想到他自己的生命可能是以德国人疯狂报复那些挪威村民为代价换来的，杨便常常困扰其中。为了帮助自己排解这种忧心忡忡的精神负荷，杨把全部精力投入到日常的军队生活中，投入到训练自己走路、跑步而不失去平衡中，让自己健康起来，以及希望自己有朝一日能获准回到挪威。

但是如果在英格兰没人能分担杨的焦虑，那么在北极的挪威同样也不会。时间一个月一个月地过去了，在福鲁弗拉藤、灵赛德、曼达尔、卡菲尤尔、特罗姆瑟以及那些岛屿上，所有曾经帮助过杨的人，在时时刻刻的恐惧中继续着自己的日常，他们担心事情泄露而被德国人发现。但时光荏苒，灾难并没有发生，人们的恐惧也慢慢消退。事实上，德国人从来没有发现任何破绽，也从来没有人因为杨的逃脱而受到惩罚。福鲁弗拉藤和灵赛德完好无损地幸免于战争，而曼达尔，峡湾另一边的那个村庄，却在德军开始撤退时执行的愚蠢的“焦土政策”中，成为德国人摧毁的最后一个地方。人们被逐出家门，所有房子被烧成焦土。这个山谷在之后很长时间一直被废弃。但是现在，那里建起了宽敞的新房，那里的人们都返回了家园。那个山谷一如既往地遥远偏僻：依旧没有路，但是那里宁静的生活又重新开始了，努尔内斯先生在新校舍里又教出了新一代学生——那些曾攀上高原帮助杨的人的后代。

在我写作本书时，灵瓦斯岛上的那个助产士还在工作，住在托夫特峡湾的人们也是如此。老伯恩哈德·瑟伦森，就是那个冒着德军密集的探照灯划船把杨渡过峡湾的老人，八十二岁高龄依然对他的划船技术相当自信，但他儿子埃纳尔几年前去世了。老人的两个孙子，就是让杨讲故事的那两个孩子已经长大成人，去城镇里工作了，比约讷斯卡对于老人和他的老伴来说成了孤独之地。

福鲁弗拉藤村繁荣兴旺。马里厄斯与当地另外三人合伙组建了一家公司，这三人之一是阿尔温·拉森，就是与马里厄斯一起在那个天气极度恶劣的夜晚拉着雪橇攀上雷夫德尔的人。他们是承建商，还在村子里办起了工厂，地点就在他们拉着杨从校舍下方穿过道路的那个位置旁边。他们的工厂生产混凝土砌块，还生产一种北极地区特有的活动房，而且最让人想不到的是，他们还生产裤子。工厂的业务量不断增加：他们开始生产与裤子搭配的外套。他们的计划没完没了。

马里厄斯，我很高兴地说，他与昂内丝·拉内斯——就是那晚与马里厄斯一起爬上高原而且被其粗暴抽打的那个女孩——结婚了。他们在新房里组建了一个家庭，新房子就建在杨蹒跚着撞进门来的那个原木小屋旁边。马里厄斯开始担心自己的体形了，但他仍然面带那种平静而无法抵抗的微笑。我想他会一直面带笑容的。

至于杨，他最终遂其所愿作为特工被再次被派往挪威，又一次从设得兰岛的基地出发渡海。德国投降时他还在那里积极活动。在全国上下欣喜若狂庆贺胜利和忙着接受德国投降之时，他抓起电话请求查找父亲的电话，最终打听到家人平安无恙。当他有时间前往奥斯陆与家人相见时，他的学生妹妹，比藤，那个让他一直担心挂念的女孩，让杨吃惊地已经长到二十岁了，完全长大了，不需要他哥哥般的指点了。

现在杨是个已婚男人，他的妻子埃薇是美国人。杨和父亲又在一起工作了，从国外进口机械和测量仪器。杨现在专心致力于经纬仪和他的家庭生活。你若想见他，就去位于奥斯陆郊区松林中他的房子吧，但从他那里，你永远猜不出曾经发生在他身上的故事。然而你自己会看到，这个故事已经有了一个完美的结局。

附录1 Timeline

时间表

3 月	24 日，布拉索姆从设得兰起航 29 日，到达塞尼亚岛 30 日，托夫特峡湾战役 31 日，杨短暂停留于灵瓦斯岛助产士家
4 月	3 日，到达比约讷斯卡 4 日，划船渡过海峡 5 日，乘摩托艇前往舍森：黎明时分通过灵赛德 5 日—8 日，灵恩阿尔卑斯山中迷路 8 日，于福鲁弗拉藤发现马里厄斯的农场 12 日，穿越灵恩峡湾前往雷夫德尔 12 日—25 日，滞留雷夫德尔木屋 25 日，攀越雷夫德尔 25 日至 5 月 2 日，独卧“雪墓”
5 月	1 日，马里厄斯和昂内丝攀上高原 2 日，曼达尔人抵达：首次尝试前往边境 9 日，第二次尝试前往边境 22 日，移至曼达尔的山洞中 26 日，再次被送上高原
6 月	1 日，穿越瑞典边境

附录2 News

一份德国报纸报道的“布拉索姆号”事件

——摘自1943年6月8日的《德意志报》

载有奇怪货物的渔船

英国破坏团伙放弃抵抗 在挪威海岸缴械投降

在一个春天傍晚的暮色中，一艘巨大的航海型渔船慢慢驶出设得兰群岛的一个小港口。在海上吹来的微风中，挪威军旗迎风飘扬——离开港口后，这艘船上才开始挂起这面旗。任何安全措施均不会被忽略。甚至在启航前，便采取了一切措施防止闲杂人等靠近这艘船及其船员。毕竟，即使是在英格兰，也不是每天都有渔船准备前往挪威。难怪他们煞费苦心地让此次冒险活动有一个好的开端。

船向东开去。船员由十二个人组成，偶然间听到他们谈话的人都能很快识别出他们说的都是挪威语。一个名叫西居尔·埃斯克兰的人是此次远征的头目。他出生于挪威的一处山中，父母早亡，因此他像那时候的很多人一样离开了母国前往美国讨生活。在美国的数年中他一直忍饥挨饿，四处碰运气，直到最后在一座农场找到了食物以及遮风蔽雨之所和生活所需。战争爆发，失业再次威胁到了他。于是有一天他被怂恿前往英格兰参加挪威军团。两天后他觉得这事就不了了之了。但时间帮他做了决定。饥饿的幽灵再次在身边徘徊，更重要的是，他因为是外国人而再次被人非难，于是他亲自向招兵中心报名。不久，他到达了英格兰。他在那里接受军事训练，还进入一个培养破坏者的学校受训做一名伞兵。几个月过去了，伦敦和苏格兰用这几个月的时间来炮制计划——不是为了实施一直在讨论的勇敢的侵略，而仅仅是计划在什么时候在哪里如何利用挪威搞破坏的军队。现在这个计划终于开始付诸实施。

四天过去了。三个人站在那艘挪威渔船的甲板上向东眺望。今天他们穿着——根据命令——普通人的衣服。他们是这个破坏行动小组中的三名成员。真正的船员不再允许露面，这是他们事先制订的计划。而且又一次有条不紊地得以实施。“我希望，”其中一个名叫哈拉尔的人说，“雾蒙蒙的堤岸后面就是我们要到达的海岸。”因为他们靠岸的时间到了。昨天引擎故障使他们不得不慢了下来。

他们向一座偏僻的小岛驶去，只有几个当地渔民住在那里。这里确实应该是一处理想的隐蔽所。他们希望如此，因为他们都不想待在这样一艘破船里了——特别是自从一架德国侦察机持续不断地从船上掠过之后，坐在布拉索姆这条渔船的这十二个人的脸上写满了惊恐：我们被发现了吗？挪威军旗现在已经被放下来了，但危险仍旧存在，那就是德国人并不满意。

对于这个破坏组织的三个人来说，有一件事是肯定要做的：他们登岸后要立即安装电台，向伦敦报告说德国的空中侦察机和海岸防卫队确实十分强大。那里昼警暮巡，防范得密不透风。即便是一艘巧妙伪装的渔船——虽然上帝知道船上装有很多青鱼桶来伪装。我们德国军队毫不畏惧咸咸的海水灌入海靴，我们要把他们打得落花流水，不然这条正在挣扎的上钩之鱼就会设法溜掉。不，我们得把这些鱼桶打开，那里装满了擦得锃亮的机枪。同样地，他们在那些鱼箱里装满了手榴弹。

现在，海岸透过朦胧的白雾隐隐浮现。一座小港口由于有高耸的岩石作为掩护而被他们选为登陆点，这里也许能把船很好地隐藏起来。尽管这让他们稍放宽心，但当破坏小组划着小艇向岸边驶去时，他们的焦虑和紧张依旧。他们要划的距离很长，因此当最终触岸跳上沙滩时他们异常高兴。数年之后他们终于再次踏上挪威的土地！

他们向着可以看见炊烟的方向出发了。一个老妇向他们走过来——这是在他们家乡碰到的第一个挪威人。他们在如此遥远偏僻的小岛上会受到怎样的欢迎和问候呢？他们开始询问这个老妇。他们问她是否有懂机器引擎的人可以帮他们修理船的发动机。但老妇并没有帮助他们。接下来他们遇到一个男孩。可以，这个男孩子说，他可以叫来自己的渔民父亲。他说，他们那儿极少见到外国人。哈拉尔注视着西居尔，但西居尔的举止看起来似乎没听到那个男孩说了什么。他试图让那个渔民帮忙。对不起，男孩的渔民父亲说，他给不了他们任何建议。这位父亲在短暂的谈话中已经判断出这些是侵略者。西居尔不免心生疑惑：这到底意味着什么？

他们如同在异国他乡被拒绝了的乞丐，只得继续不停地寻找。他们一次又一次地被人们示以耸肩而没有得到任何帮助。于是这三个人开始利用金钱，接着利用食物——这是专门分给他们用来贿赂的——来诱惑人们，但即便如此，也毫无用处。

他们的任务没有完成，只得拖着疲倦的身体，抱怨着，向着隐藏他们小船的地方往回走。该死，现在要做什么？停在那里的船对他们已经没有用处了，他们必须把昂贵的货物藏起来。一千公斤炸药还藏在甲板下，把这么多炸药放在哪儿呢？“我们先回去，”西居尔说，“看看船上的地图，再认真考虑一下！”他们想不到让他们震惊的事正等着他们。

通过不成功的乞求和行贿尝试，他们在曾经的故乡受到了冷遇和拒绝，他们只得再次登上小艇向小船的地方开去。快要看到他们的小船时，他们看到旁边有一艘德国军舰。他们又重新向岸边划，毕竟上岸还能多有一次机会——逃跑！但他们听到的是：“不要动！”三个人用尽全力划船。军舰上机关枪射出的子弹扫过海面。“向前，快！”西居尔大叫着。又一拨机关枪的子弹射过来，击碎了船的一侧，海水开始涌入小艇。此时除了游到岸边再无其他选择。这时他们看到德国军舰上放下两艘小船，要切断他们逃跑的退路。这是生死攸关的关键时刻！海水冰冷刺骨，透彻心扉。

当他们最终爬上岸，一队德国士兵正等在那里迎接他们。在冰冷的海水中游了这么远，还有强大的洋流，可能还有他们在岸上的经历，所有这些耗去的气力远超他们设想。当他们上岸时，孤立无助，被冻得瑟瑟发抖，没有丝毫意志。他们狼狈地爬上石头码头，举手投降，成了阶下囚。代号“M”的破坏活动破产了。挪威人，那些曾经相信这些人会帮助他们解放自己国家的那些挪威人，再一次成为英格兰可笑而无用的祭品。当参加此次抓捕行动的该国人听到国防军公报时，他们异口同声地表达了他们的心声：“我们上当受骗了。”